W0265852

# The Devil Laughs – Der Teufel lacht

von Jan Schuld

Langenscheidt

Berlin · München · Wien · Zürich · New York

Lektorat: Barbara Müller
Muttersprachliche Durchsicht: Charlotte Collins
Zeichnungen: Anette Kannenberg
Umschlaggestaltung: init.büro für gestaltung, Bielefeld

www.langenscheidt.de

Umwelthinweis: gedruckt auf chlorfrei gebleichtem Papier


Satz: Franzis print & media GmbH, München
Druck: Mercedes-Druck, Berlin
Bindung: Stein+Lehmann GmbH, Berlin
Printed in Germany

ISBN 978-3-468-20805-8

10010

# Inhalt

# Es brennt!

"Mist, nicht schon wieder!"

Die Stimme ihres Vaters riss Hanna aus einem wirren Traum, in dem ein Krankenwagen sie mit gellender Sirene verfolgt hatte.

Jetzt merkte sie, dass es in Wirklichkeit die Feuerwehrsirene aus dem Dorf war.

"Was ist los?"

"Es brennt!" Der Vater polterte eilig die Treppe hinunter.

"Musst du so einen Lärm machen, mitten in der Nacht?", murmelte ihre Schwester Charlotte und zog sich die Decke über den Kopf.

"Mensch, wach auf, Charly! Es brennt!"

Charlotte fuhr erschrocken hoch. "Wo? Bei uns?"

"Quatsch, das hättest sogar du längst gemerkt!" Hanna schlüpfte in ihre Jeans. "Papa, warte! Nimm mich mit!"

"Seit wann gehörst du zur Feuerwehr?"

Unten fiel die Haustür ins Schloss.

"Dann fahr ich eben mit dem Rad hinterher."

"Sekunde, ich komme mit." Charly sprang aus dem Bett und streifte ihr Kleid über.

"Mach voran!" Hanna schwang sich aufs Treppengeländer. Rutschen ging schneller als Laufen.

"Halt, hiergeblieben!", rief ihre Mutter aus dem Schlafzimmer.

"Aber Mama, es brennt!"
"Eben, und das ist nichts für Kinder. Ab ins Bett."
"Ins Bett? Glaubst du, wir könnten jetzt gemütlich weiterschlafen?"
"Auch wieder wahr. Lasst uns runter in die Küche gehen. Ich mache einen Tee. Dabei wollten wir grade ins Bett, wir sind eben erst heimgekommen."
"Bei wem brennt es denn?", fragte Hanna, als sie um den Tisch saßen.
Ehe die Mutter antworten konnte, klopfte es an der Hintertür. Frau Hansen stand auf, um zu öffnen.
"I'm **awfully** sorry to **disturb** you in the middle of the night", sagte Ross, ihr australischer Nachbar.

"**That's** okay. Come in and have a cup of tea."
Ross lehnte jedoch dankend ab. "I **saw** the **light here** in the kitchen and **just** wanted to ask **what's up**. We **heard** the **siren** …"
"**There's** a fire!", rief Hanna.

---

**awfully** furchtbar
**disturb** stören
**that's** das ist
**saw** habe gesehen
**light** Licht
**here** hier
**just** nur
**what's up** was los ist
**heard** haben gehört
**siren** Sirene
**there's** es gibt

"Oh **my God!** In the **neighbourhood**? **Perhaps we could** help …"
"Yes, the fire is on the next farm. But that's **all** I know. My husband **didn't have** time to tell me **more**."
"Dad is in the **fire brigade**", erklärte Charly stolz.
"Great", nickte Ross. "**These guys** do an **important** job. If you're **sure** that they **don't need any** help …"
"No, not **at the moment**", erwiderte Frau Hansen. "Tomorrow **we'll** see what we can do for our neighbours."
Nachdem Ross sich verabschiedet hatte, fragte Hanna:

"Also bei Kestings? Meinst du nicht, wir sollten doch besser hin? Es ist schrecklich, hier so rumzusitzen."

---

**my God!** mein Gott!
**neighbourhood** Nachbarschaft
**perhaps** vielleicht
**we could** könnten wir
**all** alles
**didn't have** hatte nicht; hatte kein(e)
**more** mehr
**fire brigade** Feuerwehr
**these** diese
**guys** Jungs; Typen
**important** wichtig
**sure** sicher
**don't need any** brauchen kein(e)
**at the moment** im Moment
**we'll** wir werden

“Die Feuerwehr kann jetzt keine unnützen Gaffer gebrauchen. Ich hoffe nur, es ist nicht das Haus. Wenn ich mir vorstelle, ein ganzes Haus brennt ab – mit allen Möbeln, sämtlichen Kleidern, Büchern, Vorräten …”

“Bestimmt sind Papa und die anderen noch rechtzeitig gekommen und können das Schlimmste verhindern”, tröstete Charly.

“Hoffentlich”, seufzte Frau Hansen. “Jedenfalls ist das kein schöner Ferienbeginn in Deutschland für unsere neuen Nachbarn. Dabei habe ich mir so gewünscht, dass sie sich hier wohlfühlen. Ich war wirklich froh, als sie das alte Gesindehaus gekauft haben – und das Geld können wir natürlich auch gut gebrauchen.”

Die beiden Mädchen wussten, dass man in der Landwirtschaft keine Reichtümer verdiente, und das kleine Häuschen hatte schon jahrelang ungenutzt leer gestanden.

Trotzdem war ihnen der Verkauf nicht so ganz recht gewesen. Fremde Leute auf dem Hof …

Doch als sie gehört hatten, dass die Käufer Australier waren und zwei Kinder hatten, die in ihrem Alter waren, hatte zumindest Hanna schlagartig ihre Meinung geändert.

Ihr Vater zog sie oft damit auf, sie habe einen Englischtick, aber Hanna mochte die Sprache – und australische Nachbarn, das war einfach super!

Erst gestern waren sie mit Sack und Pack erschienen. "Bin mal gespannt, wie sie so sind. Cameron ist jedenfalls zwölf, genau wie ich, das ist schon mal gut."

Charlotte war etwas skeptischer. Mit Englisch hatte sie so viel nicht am Hut, sie mochte die Ruhe auf dem Hof, und Hanna war ihr eigentlich Gesellschaft genug – auch wenn eine ältere Schwester manchmal ziemlich nervig sein konnte. "Und Kylie ist zehn wie ich – aber die Namen sind echt komisch."

"Wie sie heißen, ist ja nun wirklich egal", meinte Hanna. "Ich hoffe bloß, sie hauen nicht gleich wieder ab."

"Bestimmt nicht, sie haben sogar viel vor", erwiderte ihre Mutter. "Ross ist ein leidenschaftlicher Handwerker und freut sich darauf, das Häuschen von Grund auf zu renovieren, damit die gesamte Familie es als Ferienhaus nutzen kann. Ganz in der Nähe leben ja etliche Verwandte, und Ross hat sechs Brüder sowie unzählige Nichten und Neffen in Australien."

"Mann, wenn die alle abwechselnd aufkreuzen, wird's ja hier richtig lebendig! Wir müssen gut aufpassen, damit es nicht auch bei uns plötzlich brennt."

"Weshalb sagst du so etwas?"

"Na, ist doch logisch, Mama. Dass es irgendwo mal brennt, kann vorkommen, auch dass es zweimal brennt in einem Dorf. Aber drei Mal? Nee, das sind keine Zufälle mehr. Hier geht ein Feuerteufel um."

# Der erste Verdächtige

Hanna ärgerte sich am nächsten Morgen, dass sie so spät aufgewacht war. Ungeduldig hatten sie gestern Nacht gewartet, bis der Vater endlich heimgekommen war, aber viel hatte er nicht mehr erzählt, nur dass das Wohnhaus zum Glück unbeschädigt sei. Dann hatte er sie ins Bett geschickt, um sich auch noch ein paar Stunden Schlaf zu gönnen.
Jetzt war er natürlich längst irgendwo auf dem Hof bei der Arbeit, und ihre Mutter war ebenfalls nirgends zu sehen. Dabei platzte sie vor Ungeduld, mehr zu erfahren. Gähnend kam Charlotte in die Küche. "Kein Mensch da?"
"Nee, und ich bin auch gleich weg. Ich reite mal rüber zu Kestings."
Ehe Charly antworten konnte, klopfte es am Küchenfenster, und sie entdeckten die beiden australischen Kinder. "Good morning." Hanna winkte ihnen zu. "Come in."
"Hello", lächelte Cameron, während Kylie sich ein wenig schüchtern umschaute.
Für einen kleinen Moment waren alle etwas verlegen, doch Mausi half, das Eis zu brechen.
"**Look**, there's a cat outside the window!", rief Kylie.
Charlotte ließ die rote Perserkatze herein, die ihr

---

**Look!** Schaut!

schmeichelnd um die Beine strich. "Ja, ich guck gleich nach, ob noch Sahne da ist."

"What a **beauty**!" Kylie war ganz begeistert. "What's her name?"

"Mausi", erwiderte Charlotte. "**Well**, that's what I call her. **Actually** she's Elizabeth the First."

Die beiden Australier schauten sie verdutzt an, und Cameron lachte. "But that **was** an English queen!"

"**Exactly**", mischte sich Hanna ein, "and famous for her red hair. That's why my father called her that. And he says she looks just as **stuck-up** as a queen. Oh, **there**'s my mother!"

"Hello, children", grüßte Frau Hansen und stellte ihren Einkaufskorb ab. "Kinder, ihr habt unseren Gästen ja nicht mal was zum Trinken angeboten. **Would you like** a glass of milk or **some** lemonade?"

Während Cameron und Kylie sich für Limonade entschieden, versorgte sich Hanna mit frischer Milch aus dem Kühlschrank – und Charlotte spendierte Mausi die übliche Portion Sahne.



---

**beauty** Schönheit
**well** *hier:* nun; also
**actually** eigentlich
**was** war
**exactly** genau
**stuck-up** hochnäsig
**there** dort
**would you like** möchtet ihr
**some** etwas; einige

"Charly, du sollst der Katze nicht immer kalte Sahne geben."
"Sie will aber gern was Kühles haben. In ihrem dicken Pelz ist ihr bestimmt heiß genug."
"Heiß – that **means** hot, **doesn't it?**" Kylie strahlte. "I **already** know some German words."
"And **you will soon** learn **a lot** more", versicherte Frau Hansen.
"Mama, jetzt erzähl endlich, wie es bei Kestings aussieht!", drängelte Hanna.
"Gott sei Dank ist das Haus nicht beschädigt. Das Feuer ist wohl in einem kleinen Geräteschuppen ausgebrochen, und als Kestings vom Stammtisch heimkamen, hörten sie den Hund wie verrückt bellen. Die Flammen hatten schon auf die erste Scheune übergegriffen, in der die Maschinen stehen. Aber zum Glück kam die Feuerwehr noch frühzeitig genug."
Sie lächelte Cameron und Kylie zu. "Sorry, it's **rude** of me to talk in German, but there was a fire last night …"
Cameron nickte. "We know, Dad **told us** about it."



---

**means** *hier:* bedeutet
**…, doesn't it?** …, nicht wahr?
**already** schon
**you will** du wirst
**soon** bald
**a lot** viel
**rude** unhöflich
**told** hat erzählt

"Gut, dass wir Mausi haben", meinte Charlotte, "die ist mindestens so zuverlässig wie ein Wachhund."

"Ja, dich würde sie bei einem Brand vielleicht wecken – aber bloß, weil sie ihren Sahnelieferanten behalten will", spottete ihre Schwester.

"Du bist blöd! Mausi hat jedenfalls mehr Verstand als du."

"Jetzt zankt euch nicht", sagte Frau Hansen. "Wie ist es, habt ihr bei dem schönen Wetter keine Lust, schwimmen zu gehen?"

"Swimming?", fragte Cameron.

"Yes, we have a **lake nearby**."



"You have a lake **of your own**? Wow!"

"Well, not exactly. But part of the land **belongs to** us and we have a boathouse there."

"Wir hatten mal ein Bootshaus dort", verbesserte Hanna mürrisch. "It was **also burnt down a few days ago** – and I **bet** it was by **the same person**

---

**us** uns
**lake** See
**nearby** in der Nähe
**... of your own** euren eigenen ...
**belongs to** gehört
**also** auch
**burnt (down)** (runter)gebrannt
**a few days ago** vor ein paar Tagen
**bet** wette
**the same person** dieselbe Person

who started the fire last night. Mama, es ist echt Zeit, was zu tun!"

"Komm bloß nicht auf dumme Ideen, die Polizei kümmert sich schon darum. Also, wie ist es? Ich könnte euch rasch einen Picknick-Korb machen."

Hanna zuckte die Schultern. Eigentlich wäre sie lieber zu Kestings geritten, um sich einmal selbst alles anzuschauen, aber sie ahnte, dass ihre Mutter davon nicht besonders viel halten würde.

"Yes, I would like to see your lake and go for a swim", sagte Cameron. "But could we **first have a look around** your farm, please?"

"**Of course**", lächelte Frau Hansen. "The girls will **show** you **everything**."

Direkt von der Küche aus kam man in den großen Garten hinter dem Wohnhaus. Zwei knorrige Kirschbäume hingen voll dunkelroter Früchte; es gab etliche Kräuter- und Gemüsebeete, und überall wuchsen bunte Blumen, über denen Schmetterlinge tanzten.

Kylie bewunderte die dicken Tomaten an den Stau-



---

**first** zuerst
**(could we) have a look around** (können wir) uns umschauen
**of course** natürlich
**show** zeigen
**everything** alles

den. "I'm **really surprised** you can **grow** tomatoes here."
Hanna lachte. "Germany isn't Australia, it's **true**, but it's not **Siberia either**! Well, I **have to admit** they're not always **that marvellous**, but this year we're having a great summer."
"Do you sell all these **cherries** and the vegetables?"
"I **guess** you live in … Sydney, right?"
Cameron schaute sie verblüfft an. "Yes. How did you know that?"
"Just a **guess**", grinste Hanna. "Sydney was the **only** Australian **city** I **could** think of. I **knew** you couldn't live **in the country** – you don't have the



**really** echt; tatsächlich
**surprised** überrascht
**grow** *hier:* anbauen
**true** wahr
**Siberia** Sibirien
**either** auch (nicht)
**have to** muss
**admit** zugeben
**that marvellous** so fantastisch
**cherries** Kirschen
**guess** vermute
**guess** Vermutung
**only** *hier:* einzige
**city** Stadt
**could** konnte
**knew** habe gewusst
**in the country** auf dem Land

**slightest idea** about **farming**. To sell this **stuff wouldn't be profitable** at all. We eat the **whole harvest ourselves**."
"I bet it tastes a lot better **than** the food you buy in the supermarket", meinte Kylie. "And where are your animals?", fragte sie, als sie Ställe und Scheunen besichtigten.
"In summer they're always out in the fields", erklärte Hanna und stieg voraus auf den Heuboden.
"**Delicious**, this **smell**!" Kylie ließ sich in das weiche Heu fallen. "**It must** be **wonderful** to sleep here."
"That's **just** what I **intend** to do, for a **while at least**."



---

**slightest idea** leiseste Ahnung
**farming** Landwirtschaft
**stuff** Zeug, Kram
**wouldn't be** wäre nicht
**profitable** Gewinn bringend
**whole** ganz
**harvest** Ernte
**ourselves** (uns) selbst
**than** als
**delicious** lecker
**smell** Duft, Geruch
**it must** es muss
**wonderful** wunderbar
**just** *hier:* genau
**intend** beabsichtige
**while** Weile
**at least** wenigstens

"Oh, how romantic! Can we **join** you?"
"Of course, but I'm not being romantic. I want to **lie in wait** for this **devil**, this **fire-starter**. Maybe he'll **try** to burn our house down, too."
Kylie schaute sie entgeistert an. "Do you … do you really think our houses are in **danger**?"
"Who knows? **After all**, this is already the **third** fire. Two weeks ago a shed in a **paddock** burned down, but **everybody thought** some boys were **probably** playing with **matches**. **Luckily** the horses weren't **hurt**, and there was **only bare ground** around the shed, so the fire couldn't **spread** any **further**."



**join** uns anschließen
**lie in wait** auflauern
**devil** Teufel(in)
**fire-starter** Brandstifter(in)
**try** versuchen
**danger** Gefahr
**after all** schließlich
**third** dritte
**paddock** Koppel
**everybody** alle; jede(r)
**thought** haben gedacht
**probably** wahrscheinlich
**matches** Streichhölzer
**luckily** zum Glück
**hurt** verletzt
**only** *hier:* nur
**bare ground** nackter Boden
**spread** sich ausbreiten
**further** weiter

"And last Wednesday it was our boathouse", fuhr Charly fort. "Papa likes to go **fishing**, and he **had** all his stuff in there. Some people who live on the **other side** of the lake **called** the fire brigade – **just in time**. The whole forest could have burned down, because everything is so awfully dry."

---

**fishing** angeln
**had** hatte
**other** andere
**side** Seite
**called** haben gerufen
**just in time** gerade rechtzeitig

"**Boy**, that **sounds** really dangerous", meinte Cameron.
"Exactly. And now this fire yesterday. The Kestings are our neighbours ... so it's **possible** we're going to be the next **victims**."
"Hanna, sag doch nicht so was!", rief Charly.
"Wow! It would be great to **catch this guy red-handed**!" Camerons Augen funkelten aufgeregt.
"But it's no fun", wandte Kylie ein. "Someone who does things like that must be **nuts**. And **I'm not keen on meeting** a nut in the middle of the night."
"Eine Nuss?", fragte Charlotte verwirrt.
Cameron lachte. "That's what we call someone who's **crazy**. And I think there are better **ways** of catching a nut like that **than** sleeping in the **hay**."



---

**Boy!** *hier:* Mensch!
**sounds** klingt
**possible** möglich
**victims** Opfer
**catch this guy red-handed** diesen Typen auf frischer Tat ertappen
**nuts** verrückt
**I'm not keen on meeting (him)** ich habe keine Lust, (ihn) zu treffen
**crazy** verrückt
**ways** *hier:* Methoden
**than** als
**hay** Heu

"What **else** could we do?", fragte Hanna.
"**Find out** who has a **motive**."
"Good idea." Sie überlegte, wer einen Grund gehabt haben könnte, bei Kestings Feuer zu legen. Ihr fiel nur einer ein – der alte Gerch, der sich seit Jahren mit den Nachbarn wegen irgendwelcher Grundstücksgrenzen stritt.
"Well, there's an old man in the village who **claims** that Kestings **stole** a **piece** of **land** from him."
"Great", erwiderte Cameron. "Then we have to find out where he was last night when the fire started."
Ja, leicht gesagt, dachte Hanna. "But how?"
"Do you know him?", fragte Cameron.
"Of course. I know **everyone** in the village and everyone knows me."
"So let's **have a chat** with him and see what he says. He's sure to speak about the fire."
Hanna nickte eifrig. Ja, das wäre eine Möglichkeit. Menschen verrieten bei einer einfachen Unterhaltung manchmal mehr, als sie eigentlich wollten.



---

**else** sonst
**find out** herausfinden
**motive** Motiv
**claims** behauptet
**stole** hat gestohlen
**piece** Stück
**land** Land, Grund
**everyone** alle, jede(r)
**have a chat** plaudern

"It's a **pity** you **can't** ride – or are you ready to try it?", fragte sie und lachte über die leicht verunsicherten Gesichter. "Okay, but you **definitely** have to learn. There's nothing better in the world than **riding**."
"Aber zu Fuß ist es ins Dorf zu weit", sagte Charly.
Zum Glück hatte Hanna vor ein paar Wochen ein neues Fahrrad bekommen, das sie großzügig Kylie abtrat, während sie selbst ihr altes Drahtross aus dem Schuppen holte und Cameron das Rad ihrer Mutter borgte.
"But what shall we say?", fragte Kylie unterwegs. "I **mean** – he's sure to be surprised about our **visit**."



"They can say they want to **introduce** the new Australian kids", grinste Cameron.
Hanna lachte. "Good idea. But actually he has a horse I like a lot, and I always **drop in** **whenever** I'm in the village."

---

**pity** Schade
**can't** kannst nicht
**definitely** ganz bestimmt
**riding** reiten
**mean** *hier:* meine
**visit** Besuch
**introduce** vorstellen
**drop in** vorbeischauen
**whenever** jedes Mal, wenn

# Fehlanzeige

Im Dorf machten sie als Erstes Halt beim Bäcker; dort gab es nämlich auch Eis zu kaufen.

Cameron bestand darauf, für alle zu zahlen, was Hanna und Charly sehr freute, da sie mit Taschengeld nicht besonders reich gesegnet waren. Langsam schoben sie ihre Räder mit einer Hand weiter und schleckten genüsslich an ihren Eiswaffeln.

"I've **never seen such** a small village", staunte Kylie.

Hanna grinste. Für die beiden Kinder aus Sydney musste dieses Dorf wirklich winzig sein. Es gab nur eine Hauptstraße, ein paar schmale Wege zwischen den Häusern; dahinter lagen schon wieder Wiesen und Weiden.

Beim letzten Haus blieb sie stehen. "Here we are."

Während die anderen auf der Straße warteten, ging Hanna zur Haustür und drückte die Klingel.

Eine alte Frau öffnete. "Ja, Hanna", lächelte sie. "Willst du uns besuchen kommen? Oder braucht dein Vater Hilfe?"

"Nee, ich war bloß grade beim Bäcker und wollte mal nach Trudi schauen."

---

**never** nie
**(have) seen** (habe) gesehen
**such** so

“Na, dann geh nur in den Stall, mein Mann ist auch dort.”
Die anderen folgten ihr hinters Haus. Die Stalltür stand offen, und ein drahtiger kleiner Mann mit grauem Haar striegelte ein zierliches Pferd, das beim Anblick der Kinder lautstark schnaubte. Kylie und ihr Bruder blieben etwas erschrocken stehen, aber Hanna und Charly gingen ohne Zögern hinein.
“Tag, Herr Gerch. Sind Sie heute schon ausgeritten?”
“Klar. Trudi braucht jeden Tag Bewegung, weißt du ja, und nachher ist es zu heiß. Habt ihr Besuch?”, fragte er mit einem Blick auf die beiden fremden Kinder, ehe er bedächtig weiter striegelte.

“Nee, das sind unsere neuen Nachbarn – Cameron und Kylie”, erwiderte Charly. “Sie kommen aus Australien.”
Herr Gerch nickte. “Hab schon gehört, dass ihr das alte Häuschen verkauft habt. Ich kann leider kein Englisch, aber trotzdem – herzlich willkommen.”
Das verstanden die beiden auch ohne Übersetzung.
“Guten Tag”, lächelte Kylie.
“Ach, ihr könnt Deutsch?”
“Nur paar Worte”, sagte Cameron.
“Na, ihr werdet schnell lernen. Und es wird euch hier bestimmt gefallen. Bei uns auf dem Land ist es schön.”
Hanna nutzte geistesgegenwärtig dieses Stichwort.

"Manchmal auch ganz schön aufregend. Haben Sie gestern den Brand gesehen? Wir wollten ja gern hin, aber Mutter hat uns nicht weggelassen."

"Richtig so. Für euch mag es aufregend sein, aber für den armen Teufel, den es trifft, ist es das bestimmt nicht. Und neugierige Zuschauer stehen der Feuerwehr bloß im Weg. Nee, ich war nicht da. Meine Frau und ich sind erst heute Morgen zurückgekommen. Wir waren eine Woche lang bei unserem Sohn in der Stadt und haben einen ziemlichen Schrecken gekriegt, als wir davon hörten. Auch wenn wir schon seit ewigen Zeiten mit den Kestings Streit haben – so was wünscht man doch keinem."

"Das stimmt", nickte Hanna. "Uns ist ja auch das Bootshaus abgebrannt, und Papa sagt, es wieder aufzubauen kostet irre viel Geld."

"Wohl wahr. Man kann bloß hoffen, dass Kestings gut versichert sind."

"Wir waren es nicht", seufzte Hanna und streichelte das Pferd. "Tschüs, Trudi, wir müssen wieder weiter. Bis bald, Herr Gerch."

Auf dem Heimweg erzählte sie Cameron und Kylie, was sie erfahren hatte.

"He was **obviously** the wrong **suspect**", meinte Cameron.



---

**obviously** offensichtlich
**suspect** Verdächtige(r)

"He **wasn't even** here", stimmte Hanna zu, "so he can **hardly** have started the fire."
"**If he wasn't lying**, that is", wandte Cameron ein.
"What for?", sagte Charly. "**Anybody** could tell us **whether** he and his wife have **been away** or **not**."
"Stimmt", nickte Hanna, "und Kestings scheinen ihm sogar leidzutun. Wäre ja auch zu einfach gewesen, wenn wir gleich auf Anhieb den Täter gefunden hätten."
"Is there **anyone** in this village who's perhaps **a bit strange**?", fragte Cameron. "An **outsider**, maybe?"
Hanna und Charly überlegten. "Well … there is one", meinte Hanna. "I hate to say it, but Luise is definitely a bit strange and hardly anyone likes her."
"Luise! Du spinnst wohl", rief ihre Schwester.
"Na, komm. Sie ist zwar nett, aber die meisten machen doch einen Bogen um sie – und sie ist erst vor



---

**wasn't even** war nicht mal
**hardly** kaum
**if he wasn't lying** wenn er nicht gelogen hat
**anybody** jede(r); irgendeine(r)
**whether** ob
**(have) been** (sind) gewesen
**away** weg
**not** nicht
**anyone** irgendjemand
**a bit** ein bisschen
**strange** seltsam; komisch
**outsider** Außenseiter(in)

einem halben Jahr hergezogen. Keiner kennt sie so richtig."
"Who is this Luise?", fragte Kylie.
"A witch." Hanna grinste über ihr verdutztes Gesicht.
"**You're kidding.**"
"No, she **herself** claims she is one."
"That sounds **interesting**", meinte Cameron. "We definitely have to talk to her. But perhaps we should visit the **scenes of the crimes** first. Maybe we'll **notice** something which will give us a **clue**."
Hanna bezweifelte zwar, dass eine Besichtigung der Tatorte viel bringen würde, aber bis zum Mittagessen war noch Zeit genug, um wenigstens an der Koppel vorbeizufahren. Und am Nachmittag könnten sie sich am See eine kleine Abkühlung gönnen.



Es war ein gutes Stück zu radeln, doch die beiden Australier freuten sich über die Gelegenheit, ein wenig die Umgebung kennenzulernen. Am meisten beeindruckten sie die leuchtend gelben Rapsfelder, die sich bis zum Horizont erstreckten, und der

---

**You're kidding.** Das meinst du doch nicht im Ernst.
**herself** selbst
**interesting** interessant
**scenes of the crimes** Tatorte
**notice** (be)merken
**clue** Hinweis

dunkle Tannenwald, durch den sie ein Stück weit radelten.
Kylie behauptete, der würzige Duft sei besser als jedes Parfüm.
Endlich erreichten sie die Koppel, wo es allerdings nicht viel zu sehen gab, denn die Reste des verbrannten Unterstands waren natürlich längst beseitigt worden. Nur in einer Ecke lagen noch einige verkohlte Planken. Hanna lockte die Pferde an und bedauerte, dass sie nichts dabei hatte, was sie ihnen geben konnte.
"A pity it's so **out of the way**", seufzte Cameron. "**Otherwise there might have been** a chance that **someone** heard or **even** saw something important."
"Yes – **unfortunately** these horses can't tell us who **did** it", sagte Kylie.
"They could!", behauptete Hanna. "Horses are really clever; they just can't talk."



---

**out of the way** abgelegen
**otherwise** ansonsten, sonst
**there might have been** es hätte geben können
**someone** jemand
**even** sogar
**unfortunately** leider
**did** hat gemacht

# Am Waldsee

Am Nachmittag erschienen Cameron und Kylie mit ihren Badetaschen und folgten den beiden Schwestern durch den Garten. Hanna öffnete das Tor, und sie überquerten die Landstraße. Zwischen dichten Hecken begann auf der anderen Seite ein schmaler Weg, der fast ganz zugewachsen war.

Nach wenigen Metern waren sie mitten im Wald, und Kylie wunderte sich, wie anders dieser Laubwald war als das dunkle Tannengehölz, durch das sie am Vormittag geradelt waren.

Der Boden war weich wie eine Matratze, und die hohen Bäume filterten das Sonnenlicht, das helle Kleckse auf ihre Arme zeichnete. Hin und wieder strich ein leichter Windstoß durch die Kronen und ließ die Blätter leise rascheln. Plötzlich wurde der Weg breiter, der Wald lichter, und im Sonnenschein glitzerte vor ihnen der See.

"Wow, how romantic", sagte Kylie. "**Almost like** in a **fairy tale**. But we're not the only **visitors**."

Auf dem Steg saß ein Mädchen, das zum anderen Ufer hinüberschaute und die Beine ins Wasser baumeln ließ.



---

**almost** fast
**like** *hier:* wie
**fairy tale** Märchen
**visitors** Besucher

"That's Mareike", erklärte Hanna. "Her parents **bought** a farm near here last month. Hallo, Mareike!"
Das Mädchen sprang erschrocken auf.
"Keine Angst, wir sind's bloß", rief Charly. "Und das sind Kylie und Cameron aus Australien! Wolltest du dich auch ein bisschen abkühlen bei der Hitze?"
"Ja, ich … ich stör euch hoffentlich nicht?"
"Im Wasser ist Platz genug für uns alle." Charly lief die kleine Böschung hinunter ans Ufer, und die anderen folgten ihr. Cameron schaute sich neugierig um.
Links neben dem Steg war der Erdboden kahl und mit schwarzem Ruß bedeckt, am Rand lagen noch einige verkohlte Balken des ehemaligen Bootshauses, und die Hecken ringsum boten einen erbärmlichen Anblick. Manche bestanden nur noch aus nackten Ästen, andere hatten noch einige traurige Blätter, zusammengeschrumpelt und braun verfärbt wie im Herbst.
Auf der rechten Seite des Stegs, der einige Meter weit ins Wasser ragte, war ein kleiner Strand mit weißem Sand. "Den hat Papa aufschütten lassen, und etliche Wagenladungen voll sind auch ins Wasser gekippt worden", berichtete Charly und wandte sich hilfesuchend an ihre Schwester, da Cameron und



---

**bought** haben gekauft

Kylie sie nur fragend anschauten. "Kannst du das mal übersetzen?"
"Lern besser Englisch, dann kannst du's selbst", grinste Hanna und erklärte, was Charly gesagt hatte. "**Since then** our lake isn't muddy **any more**. The water is **much clearer**."
"Genau, und schöner aussehen tut's ebenfalls", ergänzte Charlotte.
Sie streiften ihre Kleider ab, unter denen sie bereits die Badeanzüge trugen, und liefen zu Mareike auf den Steg. "Warst du schon im Wasser?", fragte Hanna.
"Nein, ich hab mir bloß ein bisschen die Füße gekühlt."
"Sag nur, du bist von eurem Hof bis hierher gelatscht?"
"Nee, mit dem Rad gefahren. Das ist ja nicht weit. Und ihr kommt wirklich aus Australien?" Neugierig musterte sie Cameron und Kylie.
Cameron nickte. "Yes, but I only understand **a little** German; I can't speak it, sorry."
"Oh je – and my English is so bad ..."
"Da kenne ich noch jemanden", spottete Hanna.
"**Never mind**", lächelte Kylie. "We'll soon learn



---

**since then** seitdem
**any more** mehr
**much clearer** viel klarer
**a little** ein wenig; ein bisschen
**Never mind.** Macht nichts.

more words – and we can teach you some English, if you like."

Mareike nickte etwas verlegen. "Ich will euch wirklich nicht stören …"

"Unsinn! Ich wundere mich sowieso, dass heute sonst noch niemand hier ist."

"Kann denn hier jeder baden? Ich dachte, das Grundstück würde euch gehören."

"Schon, aber wir können doch nicht alles einzäunen. Die paar Leute, die den Weg zum See kennen, dürfen ruhig hier baden. Und das mache ich jetzt auch."

Mit einem Hechtsprung tauchte sie ins Wasser. Cameron, Kylie und Charlotte sprangen hinterher.



"Komm doch auch, Mareike!"

"Hab keine Badesachen dabei."

Als sie nachher wieder auf dem Steg lagen, räkelte sich Kylie genüsslich. "This is absolute **luxury**!"

"Yes, it's wonderful here, isn't it?", sagte Hanna stolz. "But it was **even more** wonderful before the fire. I **hope** Dad soon has the money to build a new boathouse. This bare **patch** looks horrible. At least the **landing-stage survived**."

---

**luxury** Luxus
**even more** noch mehr
**hope** hoffe
**patch** Fleck, Stelle
**landing-stage** Landungssteg
**survived** hat überlebt

"It really must have been **quite** a big fire", meinte Cameron. "**You're lucky** someone noticed it in time and it couldn't spread further."
"You can say that again", seufzte Hanna. "I always think it **still** smells of **smoke**. A heavy rain is what we need. Dad says then it'll all be green again."
"That's right", nickte Cameron. "Everything grows **amazingly** fast after a fire. We **often** saw that in Australia. It's almost as if nature is in a **hurry** to **replace** what was **destroyed**."
"But for the Kestings that's not much **comfort**. A barn doesn't **grow** again **by itself**, and **neither** does a boathouse." Sie wandte sich an Mareike. "Entschuldige, wir haben grade über den Brand geredet."
"So viel hab ich kapiert, aber sonst nur höchstens jedes dritte Wort. Ich glaube, ich sollte wirklich ein paar Nachhilfestunden nehmen."



---

**quite** ziemlich
**you're lucky** ihr habt Glück
**still** immer noch
**smoke** Rauch
**amazingly** erstaunlich
**often** oft
**hurry** Eile
**replace** ersetzen
**destroyed** zerstört
**comfort** Trost
**grow** wachsen
**by itself** von alleine
**neither (… nor)** weder (… noch); auch nicht

"Ach, wenn du öfter mit uns zusammen bist, lernt sich das ganz von allein. Ich find's so schade, dass unser Bootshaus abgebrannt ist und wir kein Geld für ein neues haben."

“Was kostet denn so ein Bootshaus?”, fragte Mareike.
“Keine Ahnung, jedenfalls mehr als Papa im Moment aufbringen kann.”
“Seid ihr denn nicht versichert?”
“Nee, nicht mit dem Bootshaus. Wer denkt denn an so was? Aber wenn man rausfindet, wer es war, dann muss derjenige doch den Schaden wiedergutmachen, denke ich. Falls er allerdings selbst nichts hat, sieht es natürlich schlecht für uns aus.”
“Ja … das ist wohl wahr”, sagte Mareike. “Weißt du, ob Kestings Geld von der Versicherung kriegen?”
“Keine Ahnung, da muss ich mal Tom fragen. Hast du gestern beim Löschen zugeschaut, Mareike?”
“Nein, ich war längst im Bett. Aber aus meinem Fenster hab ich den Feuerschein sehen können, das war schon aufregend! Schade, dass ich nicht dabei sein konnte.”
“Wir wollten ja hin, aber Mama hat uns nicht gelassen. Und eigentlich ist es auch nicht schön, wenn man so ein Unglück wie ein Schauspiel beguckt.”
“You’re talking about the fire last night?”, fragte Cameron.
“Yes”, erwiderte Mareike. “I could see it from my window. It was … wonderful.”
“Wonderful?” Kylie schaute sie entgeistert an. “I think a fire like that is more frightening.”
“Sorry – was hat sie gesagt?”, fragte Mareike.
“Dass so ein Feuer eher beängstigend ist.”

"Yes, that's right, but … but … also **exciting**", meinte Mareike. "Und es war bestimmt viel größer als hier bei eurem Bootshaus."

"Na, das hätte auch ganz schön heftig werden können, wenn nicht die Leute, die am anderen Seeufer wohnen, Alarm gegeben hätten", sagte Hanna. "Der ganze Wald hätte abbrennen können – und wir haben immer noch keine Ahnung, wer dahintersteckt. Gerch jedenfalls kann es nicht gewesen sein."

Im nächsten Moment hätte sie sich die Zunge abbeißen können, doch natürlich hatte Mareike längst aufgehorcht. "Der alte Gerch? Glaubt ihr etwa, der hat euer Bootshaus angezündet?"



"Na ja", sagte Hanna verlegen, "wir dachten … Er hat doch mit Kestings Streit … aber er war's nicht. Und um das Bootshaus anzuzünden, hatte er erst recht keinen Grund."

"Das waren sicher bloß ein paar dumme Jungs, die gar nicht gewusst haben, was sie anrichten."

"Mensch, Mareike, das kann sein!", rief Hanna. "Ich glaub, du hast mich auf die richtige Spur gebracht."

"Wieso? Was meinst du?" Charlotte schaute sie verwundert an.

"Na, denk mal an Kai und seine Bande."

"Kai? Wie kommst du gerade auf den?", fragte Mareike.

---

**exciting** aufregend

"Diesen Blödmann und seine vier Kumpel, die sich alle für obercool halten, hat Papa mal hier erwischt", erklärte Charly. "Als er abends zum Angeln herkam, hockten die fünf in unserem Bootshaus, hatten alles vollgequalmt und sogar ein Fenster eingeschlagen."
"Das ist ja wirklich interessant."
"Eben", sagte Hanna. "Papa hat ihnen natürlich eine ordentliche Standpauke gehalten. Und das Fenster mussten sie auch bezahlen, obwohl sie behaupteten, sie wären es nicht gewesen. Entschuldige, ich muss das mal gerade übersetzen."
Cameron nickte eifrig. "**Revenge** on your dad – yes, that could be a motive! It could also have been an **accident**, **though**. Perhaps they were in your boathouse again and **forgot to stub out** a cigarette – that could have been **enough** in this dry weather."
"Exactly. So what shall we …"
"I'm going to jump in the water again." Cameron zerrte Hanna mit ans Ende des Stegs. "Catch me!" Er sprang hinein und kraulte los.
Platschend landete Hanna im See und hatte ihn bald eingeholt. "**Got you!**"



---

**revenge** Rache
**accident** Unfall
**though** aber
**forgot** haben vergessen
**to stub out** auszudrücken
**enough** genug
**Got you!** Erwischt!

"Okay, okay", lachte Cameron. "I just didn't want you to talk about our **plans in front of** Mareike. Who knows how much she understands – and whom she might tell about it."
"**You're right**, that was **stupid**. I hardly know her, and if she talks about it to anybody, Kai is sure to hear about it sooner or later."
"Where can we find these guys?" Cameron schwamm langsam zurück zum Steg.
Hanna überlegte. "They're always riding around on their mopeds and they like to **frighten** the horses out in the fields. But in the evenings they often meet at Kai's father's **fishponds**."

"Can we **check out** these ponds on our way **home**?"
"They're in a **completely different direction**. It's better if we go home first and **get** our bikes."

---

**plans** Pläne
**in front of** vor
**You're right.** Du hast recht.
**stupid** dumm
**frighten** erschrecken
**fishponds** Fischteiche
**check out** uns ansehen; überprüfen
**home** nach Hause
**completely** komplett
**different** andere
**direction** Richtung
**get** *hier:* holen

# Nächtliches Abenteuer

"I bet I'll **sleep like a log** tonight", seufzte Kylie und trat eifrig in die Pedale. "Running and **cycling** around all day long – and they call this a holiday!"
"**Feeble townies!**", grinste Hanna. "Didn't we just enjoy a **lazy** afternoon at the lake?"
"Ist aber kein Grund, jetzt zu hetzen", murrte Charly.
"Und ob! Abends sind die Jungs bestimmt wieder am Teich, und ich hab keine Lust, ihnen zu begegnen. **Come on**, Kylie; mach mal Tempo, Charly!"
Charlotte dachte jedoch gar nicht daran, sich bei dieser Hitze übermäßig anzustrengen. Sie holte die anderen erst ein, als sie schon abgestiegen waren und das eingezäunte Gelände betrachteten. Ein Graben leitete frisches Wasser aus dem nahen Bach in zwei große Teiche, daneben gab es einen kleinen Anzuchtteich, an dem eine Holzhütte stand.
"Why did these boys meet in your boathouse when they have a **place** like this?", fragte Kylie.
"Because Kai's father has **forbidden** them to use this

---

**sleep like a log** schlafen wie ein Murmeltier
**cycling** radelnd
**feeble townies** schwächliche Städter
**lazy** faul
**Come on.** Komm (schon).
**place** Ort
**(has) forbidden** (hat) verboten

**hut**", erklärte Hanna. "He's probably afraid they'll **kill** all the fish. He **breeds trout** and sells them to restaurants in the cities near here. But I know that they meet here **anyway**. Why did you want to look at these ponds, Cameron?"

"Well, we can hardly ask Kai if he's the fire-starter, or where he was on **those** days. But we could eavesdrop on them. Perhaps we'll hear something important."

"Belauschen? Hier?", fragte Charlotte. "Hier ist doch alles eingezäunt."

"Na und?", sagte Hanna. "Über einen Zaun kann man drüberklettern."

"Du vielleicht. Aber der ist ja mordshoch."



"An einem der Eckpfosten geht das ganz einfach. Oder übers Tor, da sind lauter Holzstreben, die geben guten Halt."

"Vielleicht ist das Tor ja auch auf?"

"Klar, alles eingezäunt, damit niemand reinkann – aber dann das Tor offen lassen", spottete Hanna.

"Nein, ich meine doch, wenn die Jungs hier sind. Die klettern bestimmt nicht übern Zaun."

---

**hut** Hütte
**kill** töten
**breeds** züchtet
**trout** Forelle(n)
**anyway** trotzdem; sowieso; jedenfalls
**those** jene

"Du hast recht, wahrscheinlich hat Kai einen Schlüssel. Well, what do you think – shall we try it later?"
"Heute?" Charly stöhnte. "Haben wir heute nicht schon genug getan? Ich wollte eigentlich früh mit Mausi ins Bett und gemütlich lesen."
"No problem", sagte Cameron ungeduldig. "You can go to bed and read an exciting book, and we'll have an exciting **adventure**."
Davon wollte Charlotte nun aber auch nichts wissen. Und so schlichen sie sich am Abend, als es anfing zu dämmern, mit ihren Rädern vom Hof. Es war noch immer angenehm warm, es duftete nach Sommerwiesen und blühenden Hecken, und bis auf das Zirpen einiger Grillen herrschte friedliche Stille.
"Stopp!", rief Hanna und bremste, als sie in der Nähe der Teichanlage waren.
"**What's the matter?**", wollte Cameron wissen.
"We'd better hide our bikes behind these bushes."
"Warum das denn? Es ist ja noch ein ganzes Stück!", meinte Charlotte.
"Ich halt's für klüger, wir gehen zu Fuß weiter, sonst hören sie uns vielleicht noch."
"Muss das sein? Könnten wir nicht erst mal nachschauen, ob sie überhaupt da sind?"



---

**adventure** Abenteuer
**What's the matter?** Was ist los?

"Und dann zurückfahren und wieder hinschleichen?", schnaubte ihre Schwester. "Du hast vielleicht Ideen."

Seufzend ergab sich Charly ihrem Schicksal und folgte den anderen, nachdem sie die Fahrräder hinter einer Hecke am Wegrand abgestellt hatten.

Grölendes Gelächter zerriss plötzlich die Stille des Sommerabends, und sie blieben stehen. "They're inside the hut", sagte Hanna. Langsam gingen sie weiter und entdeckten vor dem Tor die fünf Mofas.

"Perhaps we can hear what they're talking about?", flüsterte Cameron. "I mean, perhaps you can understand it. They're quite loud."



Doch alles, was sie hörten, war Gelächter, gelegentliches Stimmengemurmel und das Klirren von Flaschen.

"This is **useless** – we have to get **closer**", sagte Hanna. "Let's see if the **gate** is open, then we won't have to climb over the fence."

"Sollten wir nicht lieber warten, bis es richtig dunkel ist?", wandte Charly ein.

"Ist es ja fast schon. Und wenn wir in Deckung bleiben, sehen sie uns nicht. Los, kommt."

Hanna schlich zum Tor und merkte, dass das Vorhängeschloss offen war.

---

**useless** nutzlos
**closer** näher
**gate** Tor

"Don't open it **too wide**", mahnte Cameron. "It might **squeak**."
Aus der Hütte scholl wieder lautes Gegröle.
"They wouldn't hear it anyway." Hanna zwängte sich als Erste hindurch. Rechts neben dem Eingang befand sich der kleine Teich zur Anzucht der Jungfische, dahinter stand auf einem Rasenstück die Hütte, ihr gegenüber lagen die beiden großen Fischteiche.
"**Too bad** there aren't any bushes here", flüsterte Hanna. "Only around the hut."
"Never mind, they won't see us", sagte Cameron. "There's no window on this side. Come on, let's run to that bush **over there**."
Sie huschten an dem kleinen Graben entlang, der die Teiche mit frischem Wasser aus dem Bach speiste, und duckten sich hinter einem Hagebuttenstrauch. Jetzt waren sie fast an der Hütte und konnten auch alles verstehen, jedenfalls wenn laut genug gesprochen wurde.
Die Jungs fachsimpelten über Motorräder; ereiferten sich über irgendwelche Rennfahrer, die allesamt feige Idioten seien und nie was riskierten; sie redeten über angesagte Bikertreffs, wo es hoch herginge –



---

**too** zu
**wide** weit
**squeak** quietschen
**too bad** schade
**over there** da drüben

und manchmal flüsterten sie nur. Danach gab es jedes Mal lautes Gelächter.

Charly fand das ganze Unternehmen inzwischen überhaupt nicht mehr aufregend. Es war eher sterbenslangweilig, diesem öden Gerede zuzuhören, und sie wäre beinah eingeschlafen. Auch Hanna kam zu dem Schluss, dass diese Idee nicht besonders gut gewesen war.

"Let's go, this is **pointless**."

"No", zischte Cameron. "Why are they always whispering? Oh, I wish I could understand more German! I want to know what they're talking about. We have to get closer to the hut!"



"What for? They're only talking **rubbish**!"

Aber Cameron schlich ungeduldig näher heran. In der Dunkelheit stieß er gegen irgendwelche Stangen, die außen an der Hütte lehnten, wich erschrocken zurück, verfing sich in einem Netz – und prallte mit einem ordentlichen Rums gegen die Wand.

Hanna hielt den Atem an, und auch in der Hütte herrschte vollkommene Stille – allerdings nur für einen Moment.

"Da ist jemand!", rief einer der Jungs. "Los, Männer, den schnappen wir uns!"

Cameron hatte sich zum Glück wieder aus dem Netz

---

**pointless** sinnlos
**rubbish** Müll; *hier:* Unsinn

befreit. "Run!", schrie er den anderen zu und sauste davon. Charly stolperte hastig hinter ihm her.
"Come on!" Hanna riss Kylie hoch, die wie angewurzelt auf ihrem Platz hockte.
"I can't, my legs **have gone to sleep**!"
Hanna zog sie kurzerhand mit sich. Sie kamen allerdings nicht weit.
Der erste Junge, der aus der Hütte stürmte, versuchte sie festzuhalten. Hanna schlug blindlings um sich – und hörte im nächsten Moment einen Schrei, gefolgt von einem lauten Platschen. Offenbar war er in einen der Teiche gefallen.
Zum Glück eilten seine Freunde ihm zu Hilfe, was den beiden Mädchen Zeit gab, das Tor zu erreichen.
Zu unseren Rädern schaffen wir's nicht mehr, dachte Hanna. Sie zerrte Kylie hinter sich her auf die andere Seite des Feldwegs – und hinunter in den Bach. "**Down**, and keep quiet!"
Mit angehaltenem Atem lagen die beiden Mädchen im Wasser, das zwar nur flach, aber ziemlich kalt war.
Die Jungs suchten offenbar das Teichgelände ab, ehe sie zu ihren Mofas stürmten. Hanna sah die Scheinwerfer aufleuchten, die Motoren wurden gestartet, und gleich darauf knatterten sie den Feldweg entlang in Richtung Dorf.



---

**have gone to sleep** sind eingeschlafen
**Down!** Runter!

"Can we **get out** of the water?", fragte Kylie. "It's really cold in this **stream**."
"You're right." Hanna stand vorsichtig auf. "Yuck, this is **disgusting**!"
"But where are Cameron and Charly?"
"I've **no idea**. Perhaps they're waiting for us where we **left** our bikes."
Langsam tasteten sie sich den Feldweg entlang, denn inzwischen war es wirklich stockdunkel. Die Sträucher zu beiden Seiten waren nur als schwarze Umrisse zu erkennen, und Kylie meinte fast, dass sie wie finstere Gestalten wirkten, die bloß darauf lauerten, dass sie ihnen zu nahe kamen.

"Ugh, my clothes **are clinging** to my body like **creepers**." Sie zupfte an ihren nassen Hosenbeinen.
"I think we **hid** the bikes over there, didn't we?"
"Yes, that's right." Vorsichtig ging Hanna voraus durch das hohe Gras.
Beide fuhren zusammen, als plötzlich eine Stimme zischte: "There you are **at last**!"

---

**get out** rausklettern
**stream** Bach
**disgusting** ekelhaft
**no idea** keine Ahnung
**left** haben gelassen
**are clinging** kleben
**creepers** Schlingpflanzen
**hid** versteckt haben
**at last** endlich

"Oh my God, Cam", seufzte Kylie. "You nearly **gave me a heart attack**! **Where on earth** have you been?"
"Charly and I jumped over the fence and we ran **straight** to our bikes. I thought you were that clever, too. **Nobody** saw us behind these bushes."
"Nobody saw us either, but it was quite **uncomfortable** sitting in that stream", entgegnete Hanna.
"Then let's **hurry up** and **get home**."



---

**gave me a heart attack** hast mir einen Herzinfarkt verursacht
**where on earth** wo in aller Welt
**straight** direkt
**nobody** keiner
**uncomfortable** unbequem
**hurry up** uns beeilen
**get home** nach Hause gehen

# Die Hexe

Nicht einmal Mausis beharrliches Maunzen konnte Charly am nächsten Morgen wecken, sodass Elisabeth die Erste beleidigt abzog, um nachzuschauen, ob ihr in der Küche vielleicht jemand anderer etwas spendierte.

Leider war dort nur Hanna. "Von mir gibt's nichts, du Vielfraß. Mach dich lieber nützlich und fang ein paar Mäuse."

Mausi wandte sich hoheitsvoll um und stolzierte erneut ins Schlafzimmer, um dieses zweibeinige Faultier zu wecken. Ein sanfter Biss ins Ohr und ein ausgiebiges Schnuppern an der Nasenspitze taten schließlich ihre Wirkung.



"Mausi, nicht beißen – und außerdem kitzelst du."

Charlotte drückte die Katze an sich. "Ich weiß schon, du hast Hunger. Also gut, dann stehen wir halt auf."

Mausi wollte allerdings erst einmal schmusen, danach folgte sie Charlotte in die Küche, wo sie genüsslich die morgendliche Sahneportion aufschleckte.

"Eines Tages platzt sie noch", meinte Hanna.

Charly gähnte nur ausgiebig und machte sich einen Kakao. "Sind deine Sachen wieder trocken?"

"Hoffentlich. Ich hab sie gestern Abend noch auf dem Fensterbrett ausgebreitet, und später steck ich sie einfach in den Wäschekorb. Wenn wir Glück haben, merkt Mama gar nichts – was am besten wäre. Sonst stellt sie bloß neugierige Fragen."

Charly hatte sich gerade an den Tisch gesetzt, als Cameron und Kylie am Fenster klopften.

"Come in!", rief Hanna und machte beiden ebenfalls einen Kakao.

"Did you **get into trouble** because of your wet clothes?"

Kylie schüttelte den Kopf. "Our parents have so much to do **renovating** the house, they didn't even notice that I put them in the **washing machine**. But being in wet clothes is really disgusting. I hope we haven't **caught colds**."

"Genau", nickte Charly, "und dann auch noch für nichts und wieder nichts."

"Ach was, im Sommer erkältet man sich nicht so leicht", behauptete Hanna. "But Charly's right, of course. Nothing much **came of** our **trip** to the fishponds. **Nonetheless** – it was an adventure."

"Exactly." Cameron grinste. "It was great **the way** you pushed that boy into the pond! I bet he got the



---

**get into trouble** Ärger bekommen
**renovating** beim Renovieren
**washing machine** Waschmaschine
**(we haven't) caught colds** (wir haben uns nicht) erkältet
**came of** ist geworden
**trip** Ausflug
**nonetheless** dennoch
**the way** wie

shock of his **life**. I was just climbing over the fence – I wish I could have seen his stupid face in the dark!"

"**I didn't feel like** laughing at all", gestand Hanna, "although I'm sure they wouldn't have hurt us. But I really **panicked** when he **suddenly grabbed** me."

"You think they **recognized** us?", fragte Cameron.

"No, they don't even know you, and I bet they didn't see me **at all**. They probably think some other boys **tried to play a trick** on them. Anyway, we have to **keep an eye on them**. But today we're going to visit our witch Luise."

"Is she really a witch?", fragte Kylie gespannt.

"No, not at all, she's very nice – and she has two cats", erklärte Charlotte. "Außerdem bin ich schon jetzt sicher, dass sie nie und nimmer was mit den Bränden zu tun hat."

"Klar, du lebst ja auch in dem Wahn, wer Katzen hat, muss automatisch ein guter Mensch sein", spottete ihre Schwester.



---

**life** Leben
**I didn't feel like** mir war nicht nach
**panicked** bin in Panik geraten
**suddenly** plötzlich
**grabbed** gepackt hat
**recognized** haben erkannt
**at all** überhaupt
**tried** haben versucht
**to play a trick** einen Streich zu spielen
**keep an eye on them** ein Auge auf sie haben

"Das ist Luise auch! Ich besuche sie immer gern. Und was sie alles weiß! Als mich mal Mücken zerstochen hatten, hat sie Zitronensaft drübergerieben, und sofort hat das Jucken aufgehört."
"Kannst du nicht Englisch reden?", fragte Hanna.
"Nee, nicht so früh am Morgen."
Seufzend übersetzte Hanna und fügte hinzu: "It's true, she knows a lot about **herbs** and she makes wonderful juices from fruit and **berries**. She has a **real** little witch's garden, as she calls it, with **all kinds of** strange **plants**, and she's always **collecting** herbs, **roots**, berries and **whatever** she needs for her magic **recipes**."
"But didn't you say she's not a real witch?", fragte Kylie.
"Well, she looks as normal as everyone else", entgegnete Hanna. "But she herself claims she is one. **Most** people in the village think she's completely crazy, but that's not true. She's nice, you'll see. And I



**herbs** Kräuter
**berries** Beeren
**real** echt
**all kinds of** alle möglichen
**plants** Pflanzen
**(is) collecting** sammelt
**roots** Wurzeln
**whatever** was auch immer
**recipes** Rezepte
**most** die meisten

bet she'll have a **remedy** for my **scratches**. They hurt like **hell** today."
Hanna hatte sich bei ihrer Flucht am Abend zuvor an irgendeinem dornigen Gebüsch ziemlich die Beine zerkratzt. "Come on – let's go!"

Luise freute sich über ihren Besuch, doch leider war sie nicht allein. In der Küche trafen sie Mareike, was Hanna ziemlich ärgerlich fand. Jetzt mussten sie auf jedes Wort achten, damit Mareike nicht merkte, dass sie Luise aushorchen wollten. Immerhin hatte sie sich schon einmal in ihrer Gegenwart verplappert.
Hanna stellte ihr Cameron und Kylie vor, und Luise war begeistert. "Australia is a **fascinating** country. The **Aborigines** and their **culture** are **especially** interesting. You must visit me often **while** you're here and tell me more about your home."
Hanna grinste. "Die beiden sind aus Sydney – pure Stadtpflanzen."
Alle erhielten ein großes Glas Holunderbeersaft, eisgekühlt und wunderbar süß.



---

**remedy** Mittel
**scratches** Kratzer
**hell** Hölle
**fascinating** faszinierend
**Aborigines** Ureinwohner (Australiens)
**culture** Kultur
**especially** besonders
**while** *hier:* während

"Ganz ohne Zucker", lächelte Luise. "Das hättet ihr nicht gedacht, was? Ihr stopft euch mit jämmerlichen Industriegetränken voll, die nur aus Chemiezeugs bestehen, und dabei gibt es nichts Besseres als reine Natur."

Während Mareike und Charly mit den beiden Katzen spielten, fragte Hanna, ob sie nicht was gegen ihre Schrammen hätte, und Luise hatte wirklich eine selbst fabrizierte Salbe, mit der sie Hannas Beine einrieb.

Cameron musterte sie unterdessen neugierig.

Eine Hexe hatte er sich eigentlich anders vorgestellt. Luise war noch gar nicht alt, vielleicht so alt wie seine Mutter, allerdings wirkte sie schon etwas sonderbar. Sie trug einen bodenlangen Kaftan, ging barfuß, hatte ihr krauses Haar mit einem bunten Seidentuch zurückgebunden, an ihren Ohren baumelten große Silberreifen und am linken Handgelenk klimperten etliche Kupferarmbänder.

Im ganzen Haus roch es nach Kräutern und Gewürzen. An der Decke hingen in dicken Büscheln getrocknete Pflanzen, auf einem Regal waren braune Flaschen mit irgendwelchen Säften aufgereiht, am Fenster klirrte leise ein Windspiel, überall lagen unzählige bunte Halbedelsteine, eine afrikanische Trommel stand in einer Ecke, und an einer Wand hingen verschiedene Flöten.

Cameron hätte sich wahnsinnig gern auch noch den Rest des kleinen Hauses angesehen.

Unterdessen hatte Hanna das Gespräch auf die Brände gelenkt.
"Mich wundert ja fast, dass die Polizei noch nicht bei mir aufgekreuzt ist." Luise grinste. "Ich könnte drauf wetten, dass manch einer im Dorf mich für höchst verdächtig hält."
Hanna schwieg etwas verlegen, aber Luise lachte nur. "Meint ihr, ich wüsste nicht, was über mich geredet wird? Das ganze Dorf findet mich doch reichlich abartig – die jungen Leute halten mich für plemplem und die alten glauben, ich sei eine Hexe."
"Hexe ... that's a witch?", fragte Kylie. "And you are a witch, aren't you?"

"I am", nickte Luise stolz. "But being a witch is a completely different thing from what people **generally** think. It means living in harmony with nature. A witch would never **exploit** Mother Nature. She **respects** her **forces**, and **acknowledges** that there are things we can't **comprehend** with our poor **human minds**."
"Das klingt eigentlich ganz einfach", sagte Charly.

---

**generally** allgemein
**exploit** ausbeuten
**respects** respektiert
**forces** Kräfte
**acknowledges** anerkennt
**comprehend** verstehen
**human minds** menschlichem Verstand

"Finde ich nicht." Mareike seufzte. "Jedenfalls nicht auf Englisch."
"Es ist auch ganz einfach", versicherte Luise. "Geht bloß mit offenen Augen durch die Welt und schaut, wie wunderbar Mutter Natur ist, das genügt für den Anfang schon. Wir Menschen sind ja auch nur ein Teil der Natur, bloß wollen das viele in ihrer Überheblichkeit nicht mehr wahrhaben. Dabei könnten wir gar nicht existieren ohne Licht und Luft, ohne Wasser und Feuer."
"True, we couldn't exist **without** them", wandte Cameron ein. "But fire can also be **destructive**."
"Like all forces of nature. That's why we should never think we're **superior** to nature, because Mother Nature is awfully clever and will show us again and again how small and **unimportant** we actually are. And sometimes she even **destroys** human life."
"Na ja", meinte Hanna, "aber denk mal an die Brände. Die sind ja nicht einfach so entstanden, da hat schon jemand nachgeholfen. Also hat nicht die Natur zugeschlagen, sondern ein Brandstifter."
"Der die Naturgewalten zu seinem bösen Zweck



---

**without** ohne
**destructive** zerstörerisch
**superior** überlegen
**unimportant** unwichtig
**destroys** zerstört

missbraucht hat", ergänzte Luise. "Trotzdem macht uns solch ein Brand wieder einmal die Urkraft des Elements Feuer bewusst und ist ein grandioses Schauspiel."
"Ja, nicht wahr?", sagte Mareike. "Die Flammen sind erst so klein und flackern ganz harmlos übers Gras, als würden sie tanzen …"
"Tanzen?", fragte Cameron verwirrt.
"Yes, the **flames** really **seem** to be dancing – and suddenly they are so big that … that … na ja, dass man selbst Angst davor kriegt."
Luise nickte. "Feuer hatte für die Menschen von jeher einen ganz besonderen Zauber. In wie vielen Häusern gibt es offene Kamine? Das ist gemütlich, man findet es schön und gleichzeitig doch ein bisschen gefährlich. Oder denkt nur daran, wie gern alle im Garten grillen oder im Herbst das Laub verbrennen. O ja, gerade das Feuer ist ein mächtiges Urelement – einerseits beängstigend und andererseits faszinierend."



---

**flames** Flammen
**seem** scheinen

# Verdächtigungen

Nachmittags ließen sich die vier am Waldsee von der Sonne bräunen.

"It's such a pity that we don't have a boat any more", meinte Hanna. "We could **be drifting lazily across** the water. That's more fun than **simply lying in the sun**."

"Ja", seufzte Charly, "das wäre toll. Ich spare schon die ganze Zeit mein Taschengeld."

Hanna lachte. "Die paar Kröten? Die verfrisst du doch alle an Süßigkeiten."

"Gar nicht wahr! Und selbst wenn's nicht viel ist, will ich Papa dazugeben, was ich übrig hab, damit er vielleicht schneller ein neues Boot kaufen kann."

"I guess a boat is quite expensive", meinte Cameron.

"No idea." Hanna zuckte die Schultern. "I only know that we don't have the money."

"We probably don't either. Otherwise I'd ask our parents. But they need every cent to renovate our house."

"How did they get the idea of buying a house in Germany?"



---

**be drifting** treiben
**lazily** *hier:* träge
**across** über
**simply** einfach
**lying in the sun** in der Sonne zu liegen

"**Granny** is German", erklärte Kylie. "She **emigrated** to Australia years ago, but all her sisters still live here. As a child my mother **spoke** German as well as English – and now she teaches German at school."
"And Dad says it's important to know your roots", fuhr Cameron fort. "My parents, uncles and aunts have been to Germany **lots of times**, and Granny has too, of course. **In the end** they **decided** to buy a house so the whole family could have a **second** home here."
"And it's great." Kylie räkelte sich genüsslich. "In Australia it's winter, and here we are enjoying the sun. I had no idea it could be so hot in Germany."
"It's much too hot", erwiderte Hanna. "I like the sun, but everything is so dry. The next fire could easily **get out of control** and I don't even **dare** to **imagine** what could **happen**. What do you think



---

**Granny** Oma
**emigrated** ist ausgewandert
**spoke** hat gesprochen
**lots of times** viele Male; oft
**in the end** am Ende
**decided** haben sich entschieden
**second** *hier:* zweite
**get out of control** außer Kontrolle geraten
**dare** wagen
**imagine** mir vorstellen
**happen** passieren

about Luise? Do you think she's **capable** of starting all these fires?"
"Of course I don't know her as **well** as you", meinte Cameron, "and I couldn't understand everything, but I watched her very closely."
"I told you exactly what she said", warf Hanna ein, "every **single** word!"
"Yes, you did", nickte Cameron. "Okay, she seems a bit strange and she's **obviously** completely **fascinated** by all this **esoteric** stuff. Mum has a friend who's a lot like her. She reads **tarot cards**, collects all kinds of **healing** stones and her whole flat is decorated with Chinese stuff to **strengthen** her **vital energies**. She told me that there are some very normal **modern** women who call themselves witches and celebrate old **pagan festivals** on **certain** days – or rather, certain nights."



---

**capable** fähig
**well** gut
**single** einzige
**obviously** offensichtlich
**fascinated** fasziniert
**esoteric** esoterisch
**tarot cards** Tarotkarten
**healing** heilend
**strengthen** stärken
**vital energies** Lebensenergien
**modern** modern
**pagan festivals** heidnische Feste
**certain** bestimmt

"Was heißt das, alte Feste?", fragte Charly.

"Well, a festival at full moon, a festival at harvest time and so on. They meet in the middle of the night **somewhere outdoors**, because nature and the elements are very important; they make a fire and celebrate some kind of ritual."

"That sounds quite … gruselig. So was macht Luise bestimmt nicht."

"I bet she does", entgegnete Cameron. "And perhaps she also **practises** magic."

"Magic? Du meinst solchen Zauberkram?"

"Maybe, I don't know. And if people in this village don't like her, maybe she wanted to take revenge."

"Aber wir sind doch ihre Freunde!", rief Charly.

"Okay, but burning down the boathouse could have been an accident. This place is exactly right for magic rituals. There's water, earth, **air** – fire is the only element **that's missing**. Perhaps she made one, **lost** control over it and …"

"Das glaub ich nicht", meinte Charly.

"Wieso nicht?", fragte ihre Schwester. "Auf der Pferdekoppel könnte es so ähnlich gewesen sein."



---

**somewhere** irgendwo
**outdoors** draußen
**practises** praktiziert
**air** Luft
**that's missing** was fehlt
**lost** hat verloren

“Ach ja? Und was ist mit Kestings Schuppen?”

“Did she perhaps have a **quarrel** with them?”, fragte Cameron.

“No … although Tom’s father always says he could understand why Luise’s husband left her because of all that esoteric rubbish and her horrible **cooking** which not even a chicken would eat. Luise’s a **vegetarian**, you know. She came to live in our village after her **divorce**.”

“There you are! She probably heard all this and wanted to **pay him back**.”

“Blödsinn!”, rief Charlotte. “Luise ist nicht so gemein! Sie hat immer Zeit für uns – und wer hat denn vorhin Hannas Kratzer verarztet? Ihr seid mir echt zu doof, ich gehe lieber ins Wasser!”



Damit marschierte sie davon und watete in den See.

“Let’s jump in the water, too”, sagte Cameron, “I’m going to roast in a minute.”

Hanna stand seufzend auf. “I can hardly feel my scratches any more. Whatever Luise put on them, it really helped. I’d hate to **suspect** her. She’s always nice and I’m sure she’s **harmless** … at least I hope so.”

---

**quarrel** Streit
**cooking** Kochkünste
**vegetarian** Vegetarier(in)
**divorce** Scheidung
**pay him back** ihm zurückzahlen
**suspect** verdächtigen
**harmless** harmlos

Charly fand es ausgesprochen schäbig, dass die anderen tatsächlich Luise verdächtigten und hatte beinah gar keine Lust mehr, weiter Detektiv zu spielen. Mochten sie doch tun, was sie wollten, sie würde jedenfalls nicht hinter Luise herspionieren!

"Hast du Mausi gesehen?", fragte sie ihre Mutter.

"Nein, aber deck doch schon mal den Tisch, sonst bin ich noch nicht fertig, wenn unsere Gäste kommen."

Frau Hansen hatte die australischen Nachbarn zum Abendessen eingeladen, doch das interessierte Charly im Moment am allerwenigsten.

"Ich guck nur rasch nach, ob sie im Bett liegt." Sie lief hinauf in ihr Zimmer, aber das Bett war leer. Schade, gerade jetzt hätte sie gern ein bisschen mit ihrer Katze geschmust. Die hatte nämlich mehr Verstand als Hanna und die meisten Menschen. Sie mochte Luise – das genügte ihr als Beweis, dass Luise unmöglich der Feuerteufel sein konnte, denn Mausi war der beste Menschenkenner überhaupt.

"Charly, kommst du?", rief ihre Mutter aus der Küche.

"Ja, gleich." Sie rannte die Treppe hinunter. "Ich schau nur noch kurz draußen in der Scheune nach."

Charlotte kannte die Lieblingsplätze ihrer Katze ganz genau – doch auch in der Scheune war sie nicht.

"Nirgends was von Mausi zu sehen. War sie denn nicht mal hier?"

Frau Hansen überlegte. "Ja, irgendwann heute Nachmittag. Sie taucht sicher jeden Moment auf. Das Schleckermaul hat schließlich noch nie eine Mahlzeit verpasst."

An diesem Abend erschien sie jedoch nicht.

Während die anderen sich das Essen schmecken ließen und fröhlich plauderten, stocherte Charly nur verdrossen auf ihrem Teller herum.

Ross erzählte, wie die Arbeit an ihrem Häuschen voranging, und seine Frau Lily erkundigte sich etwas besorgt, ob die beiden Kinder nicht auf dem Hof störten.

"They're almost never at home any more. I can only hope they don't get in your way."

"**Don't worry**", lächelte Frau Hansen. "It's nice for our girls to have friends – let them enjoy the holidays **together**."
"That's just what we're doing", nickte Hanna. "Auch wenn Charly ein so finsteres Gesicht macht. Ist dieses Katzenvieh immer noch nicht da?"
"Nee, und dabei hat sie eine eingebaute Uhr im Bauch. Spätestens zur Abendbrotzeit taucht sie sonst pünktlich wieder auf, wenn sie den Tag in irgendeinem Versteck verdöst hat."
Sie suchte noch stundenlang nach dem Abendessen in Scheunen, Schuppen und Ställen, auf dem Dachboden, im Keller, in allen Hecken und Gräben und lockte mit dem magischen Wort 'Sahne', bis Frau Hansen sie schließlich fast gewaltsam ins Bett scheuchte.
"Ohne Mausi kann ich sowieso nicht schlafen", protestierte Charlotte, was ihr allerdings auch nichts nutzte.
"Wirst sehen, sie kommt bestimmt gleich hereingehüpft. Und nun Gute Nacht."
Kaum war ihre Mutter aus dem Zimmer, schlug Charly die Bettdecke zurück, um noch einmal aus dem Fenster zu spähen und leise nach ihrer Katze zu rufen.



---

**Don't worry.** Mach dir keine Sorgen.
**together** zusammen

Ein Ast des alten Nussbaums draußen im Hof befand sich fast in Höhe des Fensterbretts, und Mausi kam oft auf diesem Weg direkt ins Bett, wenn sie ihren abendlichen Kontrollgang absolviert hatte.

"Mensch, jetzt leg dich endlich hin, die taucht schon wieder auf", seufzte Hanna.

"Aber sie hat noch nie das Abendessen ausfallen lassen. Und sie ist sonst immer bei mir, wenn ich ins Bett gehe, jeden einzelnen Tag."

"Vielleicht treibt sie sich nur mal ein bisschen herum."

"Mausi ist keine Rumtreiberkatze! Die will mit anderen gar nichts zu tun haben. Am liebsten würde ich sie suchen gehen."



"Bloß nicht! Es ist ja schon dunkel. Wenn du aufwachst, ist sie garantiert wieder da."

"Hoffentlich. Ich hab nur Angst, dass sie vielleicht krank geworden ist. Am Ende hab ich ihr heute Morgen doch zu viel Sahne gegeben. Und jetzt liegt sie irgendwo, fühlt sich elend und …"

"Quatsch", erwiderte Hanna. "Du weißt doch genau, dass Katzen Sahne besser vertragen als Milch. Und die rote Hoheit schleckt seit Jahren täglich ihre Portion, warum soll sie jetzt auf einmal davon krank werden? Los, wir wollen schlafen, umso schneller ist Morgen."

Charly horchte allerdings noch lange auf jeden Laut, bis ihr irgendwann doch die Augen zufielen.

# Spurlos verschwunden

Frau Hansen hatte im Garten unter einem der Kirschbäume den Frühstückstisch gedeckt, aber Charlotte brachte gar keinen Bissen hinunter.
Sie hatte so sehr gehofft, beim Aufwachen die schnurrende Katze im Arm zu spüren, und wäre vor Enttäuschung am liebsten im Bett geblieben.
"We'll help you look for her", sagte Kylie und schenkte sich noch einmal Kakao ein. "But first you have to eat something. **Brekky** in the garden – what a luxury!"
"Yes, you can't really do this in the city, can you?", meinte Hanna.
"No – only on the **balcony** with the sound of car **engines** and **horns**, and the smell of **polluted** air. But here it smells of **meadows**, flowers and herbs …"
"And you get **bitten** by **mozzies**", ergänzte Cameron und kratzte sich am linken Arm.



---

**brekky [breakfast]** Frühstück
**balcony** Balkon
**engines** Motoren
**horns** Hupen
**polluted** verschmutzt
**meadows** Weiden
**bitten** *hier:* gestochen
**mozzies [mosquitoes]** Mücken

"Mozzies, brekky, Kylie …" Hanna grinste. "Real **Aussie** slang."
Cameron lachte. "Right. We definitely like to **shorten** words."
"But Kylie isn't an **abbreviation**!", protestierte seine Schwester. "It's a name – and it has a **meaning**. In the Aborigines' language *kylie* means **boomerang**."
"Boomerang?", fragte Hanna. "But that's 'boomerang', isn't it?"
"Yes, but a kylie is a **special** boomerang for **hunting**. And **somehow** this word **became** a very **popular** name for girls."
"Oh, **who cares about** boomerangs and names", unterbrach Charly. "Sagt mir lieber, wo ich noch nach Mausi suchen soll!"
"**Nowhere**", erwiderte Cameron. "Just wait till she comes back on her own."



---

**Aussie [Australian]** australisch
**shorten** abkürzen
**abbreviation** Abkürzung
**meaning** Bedeutung
**boomerang** Bumerang
**special** besondere(r)
**hunting** Jagen
**somehow** irgendwie
**became** ist geworden
**popular** beliebt
**who cares about** wer interessiert sich schon für
**nowhere** nirgendwo

"Nee, ich suche noch mal alles ab. Und danach geh ich die Straße runter ins Dorf."

"Quatsch, die ist nie und nimmer ins Dorf gerannt!", sagte Hanna. "Ihre Hoheit macht doch grundsätzlich um andere Menschen einen weiten Bogen."

"Aber … aber vielleicht ist sie überfahren worden und liegt irgendwo am Weg." Charly schluckte.

"Ach was, auch wenn sie ja nicht grade besonders helle ist, so blöd ist sie nun auch wieder nicht, dass sie sich irgendwo hinhockt und wartet, bis ein Auto über sie drüberfährt."

"Nee, aber du bist blöd! Und herzlos! Mausi hat viel mehr Verstand als du!"

"Mann, jetzt zeter nicht rum, wir helfen dir ja suchen", seufzte Hanna. "Obwohl wir heute eigentlich schon genug zu tun haben. Vielleicht finden wir ja das Katzenvieh dabei zufällig irgendwo."

"Was habt ihr denn vor?"

"Wir wollten noch mal zu Luise. Meine Kratzer könnten neue Salbe vertragen, und dabei horchen wir sie gleich ein bisschen weiter aus. Sie hat gestern schon etwas komisch dahergeredet. Dann müssen wir unbedingt mehr über Kai und seine Truppe rausfinden. Bislang wissen wir nicht mal, ob sie als Täter in Frage kommen oder nicht."

"Du klingst schon wie ein Hilfssheriff", erklärte Charly. "Und ich find's gemein, Luise heimlich auszuhorchen."

"Häuser anstecken ist noch viel gemeiner. Außerdem hab ich mir überlegt, dass wir mal zu Kestings gehen könnten. Tom ist ja genauso alt wie Kai, vielleicht kann der uns sagen, wo die Jungs sich üblicherweise rumtreiben. Es könnte sogar sein, dass die Typen, blöd wie sie sind, irgendwelche Andeutungen über die Brände gemacht haben, die er gar nicht kapiert hat."

"You're talking so fast that I can't understand a single word", seufzte Cameron. "Could you **repeat** it?"

Hanna wiederholte, was sie gesagt hatte.

"Good idea. The smallest piece of information could be important. But … perhaps we're looking in completely the wrong direction."



"What do you mean?"

"Well, we've **assumed** that someone started these fires out of revenge, or for some other **reason**."

"That's **logical**, isn't it?"

"**Not necessarily.** If this nut is starting fires just for fun, then there's probably no **connection** between him and the people whose barns or sheds or boathouses burn down."

---

**repeat** wiederholen
**(have) assumed** (haben) angenommen
**reason** Grund
**logical** logisch
**Not necessarily.** Nicht unbedingt.
**connection** Verbindung

"Eben", nickte Charly. "So jemand braucht kein Motiv – der hat einfach nur Spaß am Zündeln."
"Das ist jetzt nicht dein Ernst", stöhnte Hanna. "Dann müssten wir ja alle im Dorf und auf sämtlichen Höfen ringsum befragen, um zu sehen, ob sich irgendwer verdächtig benimmt."
"Das macht meinetwegen, aber allein." Charlotte stand auf. "Ich hab sowieso keine Lust mehr auf euer dämliches Detektivspielen. Ich gehe Mausi suchen." Entschlossen marschierte sie davon.
"Shouldn't we help her?", fragte Kylie.
"Okay, but then we'll take our bikes and cycle over to Luise."



Die Suche nach Elisabeth der Ersten dauerte länger, als sie gedacht hatten. Cameron fand, man müsse systematisch vorgehen, damit nicht ein Zimmer dreimal durchsucht und ein anderes vergessen würde. Deshalb nahmen sie sich zuerst planmäßig das gesamte Haus vor, schauten in jeden Schrank, sogar in sämtliche Schubladen und alle Kisten auf dem Dachboden; anschließend kamen die Scheune und die übrigen Nebengebäude dran.
Alle waren überrascht, als sie plötzlich zum Mittagessen gerufen wurden. Wieder pickte Charly nur auf ihrem Teller herum.
"Dass du mal an Appetitlosigkeit leiden würdest, hätte ich auch nicht gedacht", meinte ihr Vater.

“Kopf hoch, wir finden Ihre Hoheit schon. Aber dann gibt es mindestens einen Monat keine Sahne für sie, das sag ich dir. Strafe muss sein.”
Nach dem Essen radelten Hanna, Cameron und Kylie zu Luise, während Charly sich auf den Weg ins Dorf machte. Niedergeschlagen und allein kam sie erst spät am Abend zurück.
“Mein Gott, ich hab schon gedacht, du seist auch noch verschwunden”, schimpfte Frau Hansen. “Konntest du nicht wenigstens Bescheid geben?”
“Wie denn? Erst hab ich überall rumgefragt, aber niemand hat Mausi gesehen, und dann hab ich eben die ganze Gegend abgesucht. Auf den Wiesen stehen keine Telefone.”



Der Vater lachte. “Auch wahr. Du musst ja hundemüde sein, Mädchen. Am besten gehst du zeitig ins Bett. Und wenn die rötliche Hoheit morgen noch immer nicht da ist, helfe ich dir suchen.”
“Wirklich?”
“Na klar.”
Hanna zwickte ein bisschen das Gewissen. Der zweite Besuch bei Luise hatte sie überhaupt nicht weitergebracht, und bei Kestings war gar niemand zu Hause gewesen. Deshalb waren sie kurzerhand zum Waldsee gefahren und hatten den restlichen Nachmittag in der Sonne gefaulenzt. Sie nahm sich vor, am nächsten Tag ebenfalls suchen zu helfen.

# Der Teufel lacht

Hanna war längst eingeschlafen, als Charly noch einmal aufstand und aus dem Fenster spähte. Es war wie verhext. Mausi schien einfach vom Erdboden verschwunden. Sie hatte sogar auf den umliegenden Höfen nachgefragt, obwohl sie wusste, dass ihre Katze von fremden Menschen nicht besonders viel hielt und nie ein anderes Haus betreten würde.

Eigentlich kannte sie Mausis Spaziergänge ganz genau. Meist drehte sie eine Runde im Garten und sprang anschließend über das Tor. Am Waldrand entlang marschierte sie dann bis zu der großen Wiese, wo sie den Schmetterlingen zuschaute und Heuschrecken fing – wenn sie Lust dazu hatte. An der Mäusejagd hatte sie nie besonderes Interesse gehabt, und andere Katzen, die ihr unterwegs begegneten, beachtete Mausi nicht einmal.

Ich hab doch wirklich alles abgesucht, dachte Charlie, jeden Graben und jeden Busch …

Nur die alte Feldscheune nicht!

Genau, die Feldscheune draußen auf der Wiese, da hab ich nicht reingeschaut, weil sie zu war. Aber vielleicht ist Mausi durch ein Loch oder eine Bretterlücke reingekommen!

Charlotte hielt es nicht mehr aus. Sie streifte sich ein T-Shirt über, stieg in ihre kurzen Jeans und kramte eine Taschenlampe aus der Nachttischschublade.

Leise huschte sie die Treppe hinunter. Zum Glück waren die Eltern, wie jeden Mittwoch, beim Stammtisch im Dorf, und sie brauchte nicht zu befürchten, neugierige Fragen beantworten zu müssen.
Sie durchquerte den Garten, öffnete das Tor und eilte auf der anderen Straßenseite am Waldrand entlang.
Hier war es schon richtig finster. Die Bäume ragten neben ihr auf wie schwarze Riesen, und ein leiser Wind wisperte in den Kronen; ansonsten war es bedrückend still. Kein Vogel zwitscherte, keine Grille zirpte, nichts war zu hören. Es war, als sei sie ganz allein auf der Welt.

Aber Charly hatte keine Angst, nur ein bisschen Gänsehaut. Trotzdem war sie froh, als das Waldstück endete und sie die Wiese erreichte.
Gegen den dunkelgrauen Nachthimmel zeichnete sich am anderen Ende schattenhaft die Scheune ab. Charly rannte ungeduldig los, wobei sich das hohe Gras wie Schlingpflanzen um ihre Beine ringelte.
Aufatmend blieb sie an der Feldscheune stehen. "Mausi? Bist du hier irgendwo?"
Langsam umrundete sie das Gebäude und leuchtete alle Wände ab, entdeckte aber nirgends eine Lücke, durch die Mausi hineingeschlüpft sein konnte.
Vielleicht hab ich mich getäuscht, dachte sie. Aber ich will wenigstens mal reinschauen.
Das Tor war mit einem dicken Querbalken ver-

schlossen, der rechts und links in zwei Metallringen steckte. Mühsam versuchte Charly, ihn herauszuziehen. Er rutschte ihr aus der Hand und fiel mit einem dumpfen Laut zu Boden. Obwohl er an der anderen Seite noch festhing, gelang es ihr, das Tor ein Stück zu öffnen und sich durch den schmalen Spalt zu zwängen.

"Mausi?"

In der Scheune war es stockfinster. Beklommen blieb sie stehen. Hoffentlich hatte hier nicht irgendein Räuber Unterschlupf gesucht – womöglich sogar ein entsprungener Mörder! Gespenster gab es ja bestimmt nicht, das stand fest, und was da raschelte, waren sicher bloß Mäuse.



Im Licht der Taschenlampe huschte eine eklige fette Spinne vorbei. Charly schüttelte sich. Diese Viecher schienen die einzigen Lebewesen hier zu sein, wie sie an den Spinnweben merkte, die an ihrem Gesicht kleben blieben, als sie langsam weiterging.

Dort war eine Leiter, die zum Heuboden hinaufführte. Charly leuchtete die Sprossen ab, die ebenfalls voller Spinnweben hingen, und hätte fast aufgeschrieen, als sie plötzlich zwei glitzernde Augen anfunkelten.

Und dann sah sie, dass dort oben niemand anderer funkelte als Elisabeth die Erste.

"Mensch, Mausi!" Sie hätte vor Freude und Erleichterung fast aufgeschluchzt. "Konntest du denn nicht mal einen Ton sagen?"

Doch Mausi war tödlich beleidigt und sah gar keinen Grund, etwas zu sagen. Sie fand es mehr als ungehörig, eingesperrt worden zu sein. Dabei hatte sie nur mal kurz nachschauen wollen, was sich alles in so einer Scheune herumtrieb. Ein paar Dorfkinder hatten hier gespielt und das Tor offen gelassen; diese Gelegenheit hatte sie natürlich nutzen müssen. Woher hätte sie ahnen sollen, dass ein vorbeikommender Bauer es wieder schloss?
Charly kletterte rasch die Leiter hinauf, und es war ihr völlig egal, ob sie dabei ganze Generationen von Spinnen zerquetschte. Elisabeth die Erste erhob sich gemächlich, machte einen Buckel und stupste ihr maunzend die Nase ins Gesicht.



"Mensch, Mausi, wie lange sitzt du denn hier schon fest?" Sie drückte die Katze an sich, die froh war, endlich aus ihrer Verbannung erlöst zu werden.
"Jetzt gehen wir heim", flüsterte Charlotte zärtlich in das weiche Fell. "Ich trag dich auch, brauchst gar nicht zu laufen. Dann kriegst du eine Doppelportion Sahne, und danach legen wir uns gemütlich ins Bett."
Mausi schnurrte zufrieden. Das war ja nun auch das mindeste, was man erwarten konnte!
"Aber morgen muss ich dich ordentlich durchkämmen, da hilft nichts. Am Ende hast du dir noch Läuse und Flöhe geholt ... Mausi, was ist denn?"

Elisabeth die Erste hatte die Ohren angelegt und knurrte fast wie ein Hund. So benahm sie sich sonst eigentlich nur bei fremden Leuten. "Ich weiß, du lässt dich nicht gern kämmen, aber das muss …"
Die Katze sprang mit gesträubtem Fell von ihrem Schoß und wich zurück.
"Was ist denn? Komm doch her, wir wollen endlich heim!" Und plötzlich hörte Charly ein Lachen – ein helles, gruseliges Lachen. "Wer … wer ist da?", rief sie. Hielt sich hier doch jemand versteckt?
Aber es war kein Laut mehr zu hören – bis auf ein Knistern, ein stetiges Knistern, das nicht von den Feldmäusen im Stroh kam, und immer lauter wurde; es roch merkwürdig nach Benzin, und ein flackerndes Licht schimmerte bis zum Heuboden hinauf.
Charlotte brauchte einen Moment, ehe sie begriff – jemand hatte die Scheune in Brand gesetzt!
"Mausi, komm, wir müssen hier raus!"
Hastig versuchte sie nach der Katze zu greifen, die weiter zurückwich. Charlotte kroch ihr auf allen Vieren hinterher. "Komm, Mausi, bitte!"
Neben dem Eingangstor fraßen sich die ersten Flammen gierig durch die trockene Bretterwand. Entsetzt schaute Charly sich um. Nirgends ein Fenster, nicht einmal eine Dachluke, durch die sie hätte kriechen können. Und das Feuer breitete sich mit rasender Geschwindigkeit immer weiter aus.

Für einen Moment war sie wie gelähmt vor Angst, doch dann packte sie entschlossen die Katze, die sich in einen Winkel zurückgezogen hatte, und kletterte rasch die Leiter hinunter.
In ihrer Aufregung verfehlte sie die letzte Sprosse und stürzte, wobei Mausi sich aus ihrer Umklammerung befreite und wieder die Leiter hinaufspringen wollte. Charlotte erwischte sie gerade noch am Schwanz und hielt sie trotz ihres empörten Maunzens fest. "Sei still!", rief sie. "Du darfst jetzt nicht weglaufen, wir müssen hier raus!"
Der festgestampfte Lehmboden bot den Flammen keine Nahrung, sodass sie nur an der Scheunenwand entlangkrochen, doch dort lagerten noch alte Heuballen, die sich mit einem dumpfen Knall blitzschnell entzündeten. Charly spürte die sirrende Hitze, die sich in der ganzen Scheune ausbreitete. Voller Panik schaute sie sich um, doch es gab keinen Fluchtweg – sie musste versuchen, zur Tür hinauszulaufen, die noch immer halb offen stand. Die Lücke war zwar schmal, aber ihre einzige Chance.
"Mach die Augen zu, Mausi! Wir rennen jetzt einfach los!" Mit angehaltenem Atem stürzte sie sich in die fauchenden Flammen. Ihr war, als renne sie direkt in eine glühende Welle, die sie völlig einzuhüllen schien, aber sie lief weiter, bis sie die kühle Nachtluft auf ihrem Gesicht spürte. Erst jetzt öffnete sie wieder die Augen und atmete tief durch.

Die Scheune brannte inzwischen lichterloh, selbst das Dach hatten die Flammen inzwischen erfasst.
Elisabeth die Erste schmiegte sich an sie und starrte mit großen Augen ins Feuer.
“Charly!”
Verwirrt wandte sie sich um. Hanna, Cameron und Kylie kamen auf sie zugerannt.
“Sag mal, bist du noch bei Trost, dich heimlich wegzuschleichen!”, brüllte ihre Schwester. “Mensch, wie du aussiehst! Ich könnte dich echt verprügeln!”
Charly sah, dass Hanna Tränen in den Augen hatte.
“Wo kommt ihr denn her?”
“Ich bin wach geworden und hab gesehen, dass du weg warst. Mir war klar, dass du nach dem Katzenvieh suchst, aber ich hatte keine Ahnung, wo. Da hab ich bei Cameron und Kylie ans Fenster geklopft ...”
“And then we saw the **glow** of the fire in the **distance**”, fuhr Cameron fort. “Luckily I had my mobile with me ...”
“As always”, warf Kylie ein.
“Yes, and so Hanna could call the fire brigade.”
“Listen!”, rief Kylie. “They’re already **on the way**.”
Ja, in der Ferne hörte man wirklich bereits die Sirene.

---

**glow** Leuchten
**distance** Ferne
**on the way** unterwegs

# Ratlos

"Eigentlich sollte man dir den Hintern versohlen – euch beiden", grollte Frau Hansen.
"Wer so aussieht wie die zwei, ist schon gestraft genug", grinste Hanna.
Mausi, die es sich auf Charlottes Bauch bequem gemacht hatte, blinzelte nur kurz und schlug ärgerlich mit dem Schwanz. Sie war zurzeit auf niemanden besonders gut zu sprechen. Zuerst wurde man einfach eingesperrt und dann auch noch verunstaltet! Ihre Schnurrhaare waren so gut wie verschwunden, das Haarbüschel am linken Ohr war verkohlt, und an ihrer buschigen Schwanzspitze fehlte ebenfalls ein ziemlich großes Stück Fell.
Charly sah ganz ähnlich aus. Ihre Augenbrauen bestanden nur noch aus schwarzen Stoppeln, ihr Pony war versengt, ihr linkes Ohr war feuerrot, dazu hatte sie Brandblasen an den Füßen und an beiden Händen. Sie lag im Garten in einem Liegestuhl und war entschlossen, an diesem Tag keinen einzigen Schritt mehr zu tun – was für ihre Füße sowieso besser war.
"Wahrhaftig", schimpfte ihre Mutter, "wie konntest du nur allein loslaufen, ohne ein Wort zu sagen! Ich darf mir gar nicht vorstellen, was hätte passieren können ..."
Mit Schaudern dachte sie daran, wie sie gestern Abend mit den ganzen Nachbarn gemütlich in der

Gaststube im Dorf zusammengesessen hatten, als plötzlich Alarm gegeben wurde. Ihr Mann war mit den anderen sofort los, während sie nach Hause gefahren war – und den Schreck ihres Lebens bekommen hatte.

"Wirklich, Charly, ich hatte ganz weiche Knie, als du so angekokelt vor mir standest."

"Na, und ich erst! Ich weiß überhaupt nicht mehr, wie wir heimgekommen sind. Ich war gar nicht richtig bei mir."

"You are really an idiot", sagte Cameron, der sie so ungefähr verstanden hatte. "Why didn't you wake us up **instead** of going all **alone**? **Half** a minute later and you wouldn't have had a chance to get out – and no one would have known what had happened to you."

"Oh, be quiet, I don't even want to think about it", seufzte Frau Hansen. "She must have had a **guardian angel**. Anyway, none of you are going to **move** an **inch** from this garden today; I've definitely had enough **excitement**! Noch ein Glas Limonade,



---

**instead (of)** anstatt
**alone** alleine
**half** halb
**guardian angel** Schutzengel
**move** euch bewegen
**inch** Zoll
**excitement** Aufregung

Charly? Oder was Süßes? Nachher backe ich Kuchen, ich bringe dir dann die Schüssel zum Auslecken, ja?"

"Prima. Und eine Sahneportion für Mausi, okay?"

"Das Katzenvieh müsste eigentlich zur Strafe vierzehn Tage lang fasten", schimpfte Hanna. "Und du auch für deine Dummheit."

"Mausi konnte doch nichts dafür, dass sie dort eingesperrt war. Die Arme hat bestimmt einen Schock." Liebevoll streichelte Charlotte die Katze, die sich der Länge nach auf ihrem Bauch ausgestreckt hatte und nicht einmal die Augen öffnete.

"Schnurren kann sie jedenfalls schon wieder. Oh, sieh mal, wer da kommt!

"Luise! Das ist aber schön!", strahlte Charly.

"Ja, ich musste doch mal sehen, wie es dir geht. Mensch, du machst vielleicht Sachen. Hello, children. Hallo, Mausi." Behutsam kraulte sie die Katze hinterm Ohr. "Ach, die Arme. Warte, ich hab was für euch."

Sie kramte eine kleine braune Flasche aus ihrer Umhängetasche. "Das ist Johanniskrautöl, ein prima Mittel gegen Verbrennungen. Damit kannst du auch Mausis Ohr einreiben. Die Schmerzen lassen dann sofort nach."

Charlotte war ganz gerührt. Der alte Arzt aus dem Nachbarort hatte sie zwar gestern Nacht noch mit irgendwelchen Salben eingeschmiert, aber an die arme Mausi hatte niemand gedacht. Sie schraubte gleich das Fläschchen auf und rieb ihrer Katze das Ohr ein, die es sich still gefallen ließ.

“Und wie geht’s dir?”, fragte Luise. “Tut es sehr weh?”

“Nee, gar nicht mal.” Charly rieb auch gleich noch ihr eigenes Ohr mit dem Öl ein und merkte, dass es wirklich ausgesprochen guttat. Ihre Hände waren bandagiert, ihre Füße ebenfalls, doch sie nahm sich vor, heute Abend einmal alles aufzuwickeln und nachzuschauen. Vielleicht half Luises Öl besser als die Salben des Doktors.

“Na, da hast du ja wirklich ein himmlisches Glück gehabt. Hier hab ich noch was für dich, ein Stärkungsmittel.” Luise kramte eine weitere Flasche aus ihrer Tasche. “Trink nach dem Essen mittags und abends davon – aber nur einen Schluck. Das ist keine Limonade, sondern ein fabelhaftes Elixier aus lauter guten Kräutern. Hab ich selbst gemacht – ist reine Natur und hilft bestimmt. Damit bist du rasch wieder auf den Beinen.”

“Danke, Luise. Meinst du, ich kann Mausi auch was davon geben? Sie braucht bestimmt genauso was zur Stärkung.”

“Hoheit stärkt sich schon mit Sahne”, entgegnete Hanna, und Luise lachte.

“Ja, die kommt schon selbst zurecht. Reib sie an den verbrannten Stellen mit dem Öl ein, das hilft gegen

Schmerzen und verhindert Entzündungen, und wenn sie es ableckt, schadet es auch nichts. Mein Gott, was für eine Aufregung! Ich konnte es gar nicht glauben, als ich gestern schon wieder die Sirene hörte. Wenn ich gewusst hätte, dass du und Mausi in der Scheune wart … furchtbar."

"Did you see the fire?", fragte Kylie.

"Only the glow in the distance, but I stayed at home. I knew that our fire brigade **was fighting** to **put it out**, and **people standing around** stupidly are just **annoying** for them."

"Ich hab neulich schon gesagt, dass das keine Zufälle mehr sind", erklärte Hanna. "Wir haben hier in der Gegend einen Feuerteufel."

"Sieht beinah so aus. Dummejungenstreiche, wie man am Anfang gedacht hat, sind das sicher nicht …"

"Aber wer tut so was?", fragte Charly.

"Ein Getriebener, der es immer wieder tun wird, weil er nicht anders kann …" Luise blickte nachdenklich zu Boden. "Wirklich schlimm, so eine unglückliche, verwirrte Seele. Aber ich freue mich, dass du diesen furchtbaren Schock so gut überstanden hast, Charly."



---

**was fighting** kämpfte
**to put it out** es zu löschen
**people standing around** Leute, die herumstehen
**annoying** nervig

"Hab gar keinen Schock, dafür hatte ich überhaupt keine Zeit. Ich war so froh, dass ich Mausi gefunden hatte, und dann musste ich ja irgendwie raus. Zum Überlegen oder Angsthaben bin ich gar nicht richtig gekommen."

Luise lächelte. "Das ist gut. Ich hab übrigens für dich auch eine Salbe angesetzt, die Narbenbildung verhindert. Aber es dauert noch ein wenig, bis sie so weit ist. Mal überlegen … heute ist Donnerstag. Am Sonntagmorgen bin ich wieder da, dann bringe ich sie dir vorbei. Ich fahre morgen nämlich weg – zu einem Hexentreffen."

"Wirklich wahr?", fragte Charlotte.



"Na klar – auch als Dorfhexe hat man schließlich so seine Verpflichtungen", meinte sie augenzwinkernd.

"Erm … it's a bit hard for us to understand you, Luise", sagte Cameron. "You're going away tomorrow?"

"Oh, I'm sorry. How rude of me. I was just telling Charly that I'm going to a witches' meeting this weekend. A lot of my friends are herb-women like me and we want to celebrate the summer **solstice**. Too bad Charly can't walk. I wanted to ask her to **look after** my cats while I'm **gone**."

---

**solstice** Sonnenwende
**look after** aufpassen auf
**gone** weg

"But we can do that", bot Kylie an.
"You really would? That's awfully **kind**! Actually, they'll be fine for a day or two. I'll put enough food in their bowls and they can drink from the stream. But I'd be really **glad** to know that someone is looking after them to **check** that everything's okay."
"Sure. No problem at all", versicherte Kylie.

Kurz nachdem Luise sich verabschiedet hatte, kam Tom Kesting, der Junge vom Nachbarhof, zu Besuch.
Hanna stellte ihm Cameron und Kylie vor.
"**I was very keen to get to know you**", gestand Tom. "After all, we hardly ever get the chance to meet Australians and ..."
"Ja, ist gut", sagte Hanna ungeduldig, "jetzt erzähl erst mal, wo du gesteckt hast. Wir haben schon gedacht, du bist verschollen."
Tom grinste. "War eine Woche mit den Pfadfindern unterwegs. Und das ist ja mal wieder typisch – kaum bin ich nicht da, brennt uns fast das Haus ab, und du wirst beinah geröstet, Charly. Siehst ganz schön schräg aus mit deinen versengten Augenbrauen und



---

**kind** freundlich
**glad** froh
**check** kontrollieren
**I was very keen to get to know you.** Ich war schon ganz scharf darauf, euch kennenzulernen.

dem verkokelten Pony. Aber sonst hast du wohl Glück gehabt, oder?"

Charlotte nickte. "Und Mausi auch."

"Ist direkt schade, dass ich alles verpasst hab. Mensch, wer macht nur so was? Dem muss man doch das Handwerk legen."

"Darüber wollten wir sowieso mit dir reden", sagte Hanna.

"Wieso mit mir? Habt ihr etwa mich in Verdacht?"

"Nee, aber du kennst doch Kai und seine Kumpel ..."
"Ach, ihr meint, die könnten was damit zu tun haben? Erzähl mal, das klingt ja spannend."
Hanna berichtete ihm alles, was sie sich überlegt und was sie unternommen hatten.
"Ihm und seinen Idioten würde ich so was schon zutrauen", meinte Tom nachdenklich. "Bloß gestern die Scheune – das können sie nicht gewesen sein."
"Warum?"
"Mittwochs ist im Jugendzentrum in der Stadt immer Disco. Ich war auch dort und Kais Truppe ebenfalls. Wir sind sogar zusammen heimgefahren – und zwar ziemlich spät; da war hier mit dem Brand schon alles gelaufen."
"Mist", seufzte Hanna. "Ich hätte fast drauf gewettet, dass sie es waren."
"Es war sowieso nur einer", sagte Charly.
"Was! Hast du ihn etwa gesehen?", rief Hanna. "Davon hast du ja kein Wort gesagt!"
"Ist mir grade erst wieder eingefallen. Und ..."
"Mensch, Charly, jetzt red doch endlich Englisch. Immer muss ich übersetzen!", fiel Hanna ihr ins Wort.
Seufzend fügte sich Charlotte. "Okay, I ... I had **forgotten** all about it **until** just now. It was too dark



---

**(had) forgotten** (hatte) vergessen
**until** bis

to see **anything**, but I heard something. In front of the barn … when I was inside and the fire had just started … there was somebody laughing."

"Are you sure about that?", fragte Cameron.

Charly nickte. "And it wasn't a man's **voice** … I think it was a woman's."

"A woman!" Cameron und Hanna schauten sich an, und beide dachten dasselbe.



Den ganzen Tag über kamen Besucher zu Charly, und die anderen waren es bald herzlich leid, sich immer wieder dieselbe Geschichte anhören zu müssen.

"This idiot **marches off** all alone in the middle of the night, almost **gets fried**, and **everybody feels so sorry for her** that they **reward** her with **tons** of sweets", schimpfte Hanna.

Cameron lachte. "Oh, come on, you're glad really that she **got off so lightly**."

---

**anything** (irgend)etwas
**voice** Stimme
**marches off** marschiert los
**gets fried** wird gebraten
**everybody feels so sorry for her** sie tut allen so furchtbar leid
**reward** belohnen
**tons** Tonnen
**got off so lightly** so glimpflich davongekommen ist

"Sure, but my knees still **tremble** when I think what could have happened to her. Really, you can't keep a **sharp** enough eye on little sisters."

"Whom are you telling?"

"You are an idiot", schnaubte Kylie.

"Nonetheless, it's true – little sisters are sometimes a **pest**", lachte Hanna. "Come on, let's go swimming, okay?"

Sie brauchte einige Überredungskünste, bis ihre Mutter sie gehen ließ. "Aber wehe, ihr ertrinkt oder macht sonst welche Dummheiten! Dann könnt ihr was erleben!"

"Mama, wir sind doch keine Babys mehr."

"Nein, und das ist manchmal viel schlimmer", seufzte Frau Hansen.

Ehe sie zum See liefen, machten sie einen Abstecher zu der alten Feldscheune. Sie war völlig niedergebrannt, das Dach war eingestürzt, und es stank nach Ruß und Rauch. Nur zwei geschwärzte Stützbalken ragten noch in die Luft.

"It's a **miracle** that Charly **managed** to get out", flüsterte Kylie beklommen. "Do you really think it can have been Luise? I mean, that she would do

---

**tremble** zittern
**sharp** scharf
**pest** Plage; Nervensäge
**miracle** Wunder
**managed** es geschafft hat

something like that and then be so kind to her the next day?"
"Who knows?", erwiderte Hanna. "It could be a **sign** of a bad **conscience**. Did you hear what she was saying? A **confused soul** ... very strange."
"But she's so nice – I simply don't believe it", sagte Kylie.
"Me **neither**", seufzte Hanna, "but if Charly really heard a woman laughing ..."
"Perhaps she only imagined it", meinte Kylie. "And if someone did laugh, do you think she could really tell whether it was a woman or a man? After all, it came from outside, and she was stuck in that burning barn and **scared stiff**. Who knows what she imagined she heard?"
"Maybe you're right", nickte Hanna. "**Frankly**, I'm **at my wits' end** at the moment."
"And I don't like playing detective any more. At first it was exciting, but now – no, it's really no fun any more", sagte Kylie leise.
"Then let's just have a day off", schlug Hanna vor. "Let's go to our lake and enjoy the sun."



---

**sign** Zeichen
**conscience** Gewissen
**confused soul** verwirrte Seele
**neither** auch nicht
**scared stiff** zu Tode erschrocken
**frankly** offen gestanden
**at my wits' end** mit meiner Weisheit am Ende

# Ruhe vor dem Sturm

Charly pflegte auch am nächsten Tag weiter der Ruhe, wobei ihr Elisabeth die Erste treue Gesellschaft leistete. Die Katze fand es ausgesprochen angenehm, dass einmal jemand den ganzen Tag Zeit für sie hatte.

“Du hast es gut”, seufzte Hanna. “Liegst hier faul im Garten rum und lässt dich verwöhnen. Ich muss mit Mama zum Einkaufen in die Stadt.”

“Beschwer dich nicht.” Frau Hansen brachte Charlotte und Kylie zwei Gläser eisgekühlte Limonade. “Sonst willst du schließlich jedes Mal mit.”

“Ja, aber nicht am Freitag zum Wochenendeinkauf. Das ist immer so ein Chaos.”

“Du weißt doch, dass morgen das Sommerfest des Bauernverbandes ist, und dafür brauche ich ein neues Kleid. Du kannst mir aussuchen helfen und sagen, ob es mir gut steht.”

“Eigentlich kennt sich Hanna ja besser mit Reithosen aus”, grinste Charlotte.

“Das stimmt zwar, aber wenigstens weiß ich, dass sie mir ungeschminkt die Meinung sagt. Would you like to come with us, Kylie?”

“No thanks.” Kylie schüttelte den Kopf. “I’d rather stay here and enjoy the sun. Luckily my parents didn’t make me go with them to that horrible Baumarkt.”

Frau Hansen lächelte. “I bet Cameron loves it.”
“It’s like paradise for him. All these **incredibly** boring **tools** and stuff … no, thanks!”
Frau Hansen lachte. “Also gut, dann genießt die Sonne, ihr beiden. Bis nachher.”
Kylie streckte sich in einem Liegestuhl in der Sonne aus, und Charly träumte im Schatten des Kirschbaums vor sich hin, bis sie plötzlich aufhorchte.
“I think the telephone’s ringing. Could you **answer** it, please?”
“But what shall I say? I’m not even sure I’ll understand anything.”
“Don’t panic”, meinte Charlotte ungerührt. “Just say hello, nobody home.”
Unsicher ging Kylie ins Haus und kehrte kurz darauf sichtlich erleichtert zurück.
“It was Luise. She wanted to know how you are and if we could feed her cats tomorrow evening.”
“Did you tell her that her **oil** helped **fantastically**? Look, Mausi’s ear is already a little better, only without fur.”
“And your feet?”
“They’re also without fur, and I hope they stay



---

**incredibly** unglaublich
**tools** Werkzeuge
**answer** *hier:* rangehen
**oil** Öl
**fantastically** fantastisch

that way", grinste Charly und wackelte mit den Zehen.

Mittags gab es nur Rührei mit Butterbrot, da Frau Hansen zum Kochen keine Zeit gehabt hatte, doch bei der Hitze hatte sowieso niemand großen Hunger.
"Der ganze Tagesablauf kommt durch so ein dummes Fest durcheinander", brummte ihr Mann.
"Also wirklich, Klaus. Wann gehen wir schon mal aus? Außerdem gehört es sich einfach, bei diesem Sommerfest dabei zu sein."
Cameron stellte Herrn Hansen einige Fragen über die Arbeiten, die auf einem Hof anfielen, und nahm mit Begeisterung das Angebot an, ihn am Nachmittag einmal zu begleiten.
"Und ich muss heute einfach mal ein bisschen über die Felder galoppieren", sagte Hanna. "Hab schon seit einer ganzen Woche auf keinem Pferd mehr gesessen."
"Wie furchtbar", grinste ihr Vater.
"Aber komm nicht so spät zurück", bat Frau Hansen. "Das gilt auch für euch, Klaus!"
Pünktlich zur Abendbrotzeit steuerte Cameron stolz den großen Traktor auf den Hof. Natürlich saß Herr Hansen neben ihm und passte auf. Er ließ ihn noch eine Runde drehen, wobei Cameron kräftig auf die Hupe drückte und seiner Schwester zuwinkte, die neugierig zur Tür herausschaute.

"Thanks, that was great", strahlte er. "Even if I feel a bit **shaky** now."
Herr Hansen lachte. "**You get used to it.**"
Hanna und Charly zeigten sich überhaupt nicht beeindruckt. "It **may** be quite interesting for you", meinte Hanna. "But actually a farm just means a lot of work. And I was five when I **drove** a tractor for the first time."
"You **grew up** on a farm, that's the **difference**. For me everything here is new. Hanna, you told me **the other day** that you have a computer with an **internet connection**?"
"Yes, I do. Dad gave me his old computer when he bought a new one. Would you like to have a look at it?"
Cameron nickte. "Perhaps I could send my friend in Australia an e-mail? He'd be awfully surprised."
"No problem. Let's go upstairs – okay, Mama?"
"Meinetwegen."



---

**shaky** wackelig
**You get used to it.** Man gewöhnt sich daran.
**may** *hier:* mag
**drove** habe gefahren
**grew up** bist aufgewachsen
**difference** Unterschied
**the other day** vor ein paar Tage
**internet connection** Internetanschluss

Hanna zeigte Cameron stolz ihren Computer und wollte alles erklären, doch er schüttelte den Kopf. “I know **what’s what**. **May I?**”

Er setzte sich an die Tastatur. “Pentium three – well, a bit old, but it’ll do.” Er öffnete den Browser, gab die Adresse eines Webmail-Servers ein, dort die Handynummer seines Freundes und schrieb einen kurzen Text. “May I **surf the net** a bit?”

“**Feel free**”, sagte Hanna. “I see you really **know the ropes** with computers.”

Cameron grinste. “Well, I didn’t drive a tractor at the age of five, but I had fun with my first computer.”



---

**what’s what** was Sache ist
**May I?** Darf ich?
**surf the net** im Netz surfen
**Feel free.** Nur zu.
**know the ropes** kennst dich aus

"Who cares about tractors or computers", winkte Hanna ab. "There's only one thing that's important in life."

"What?"

"Riding, of course! You really should learn. It's the best, especially with a marvellous horse like mine. I bet she'll be an excellent **jumper** one day."

Hanna schwärmte begeistert von ihrer Stute, doch bald merkte sie, dass Cameron ihr nur mit halbem Ohr zuhörte und ganz vertieft im Internet surfte.

"You seem **to be getting on** fine **by yourself**. I think I'd better go downstairs and help Mama a bit. I'll be glad when they go out tomorrow. Papa **keeps grumbling** about this festival, and Mama is really **excited**. Actually they **both** enjoy it every year, but there's always so much work to do on a farm that you can't really **take a day off**. Papa usually does his **bookkeeping** and stuff like that on Saturdays. Anyway, we'll all have a nice evening – without our parents!"



---

**jumper** Springpferd
**to be getting on** voranzukommen
**by yourself** alleine
**keeps grumbling** murrt ständig
**excited** aufgeregt
**both** beide
**take a day off** einen Tag freinehmen
**bookkeeping** Buchhaltung

# Alarm!

Ungeduldig hupte Herr Hansen im Hof. Er saß mit Ross und Lily schon längst im Auto, doch seine Frau musste unbedingt noch ein paar Ermahnungen loswerden.
“Eigentlich ist mir das gar nicht recht, dass ihr den ganzen Abend hier allein seid.”
“Mama, wir sind doch keine Babys mehr”, stöhnte Hanna.
“Ja, ja, aber trotzdem. Ach, wenn du bloß laufen könntest, Charly, dann hätten wir euch mitgenommen und …”
“Nee, danke, daheim ist es nicht halb so langweilig wie auf diesem öden Fest.”
“Also, jedenfalls bleibt ihr im Haus, klar? Und ihr lasst niemanden rein, auch klar? Und falls irgendwas sein sollte, dann ruft sofort an. Wir haben das Handy dabei.”
“Machen wir”, nickte Hanna geduldig.
“Ein Glück, dass heute Samstag ist. Mittwochs traut man sich ja schon gar nicht mehr aus dem Haus. Jedenfalls, der Kartoffelsalat ist fertig, die Würstchen macht ihr euch selbst heiß, und in der Kühltruhe findet ihr jede Menge Eis, im Keller steht noch …”
“Mama, nun geh, ehe Papa die Hupe ruiniert”, rief Charly, die in der Küche den Kartoffelsalat probierte. Heute Mittag hatte es bloß belegte Brote gegeben,

deshalb freute sie sich besonders darauf. Mausi fand es etwas schäbig, dass keine Sahnehäubchen auf dem Salat thronten, aber Charlotte verriet ihr, dass es zum Nachtisch Eis gab – mit Sahne, und davon würde sie natürlich etwas abbekommen.

"Endlich!" Hanna schloss die Haustür, nachdem sie den Eltern hinterhergewinkt hatte. "Mann, ist das immer ein Zirkus. Shall we sit in the garden or in the living room? Maybe **there's a good movie on** tonight. We can **watch TV** as long as we want."

"Gehen wir ins Wohnzimmer", schlug Charly vor und humpelte mit Mausi voraus. Hanna und Cameron warfen die Würstchen in einen Topf, um sie heiß zu machen, während Kylie Teller und Besteck mit hinübernahm.



"Hättest ruhig auch was tragen können, du Faultier!"

"Hab ich doch – Mausi."

"Die kann gut selbst laufen. Ich hole schon mal das Eis aus der Truhe. Chocolate, strawberry or something else?"

"Guck mal nach, welche Sorten da sind", meinte Charlotte. "Und dann musst du auch noch Sahne schlagen."

"Das mach du mal schön." Hanna brachte aus dem Keller gleich noch eine Flasche Cola mit und

---

**there's a good movie on** läuft ein guter Film
**watch TV** fernsehen

schenkte allen ein, ehe sie nach der Fernbedienung griff und durch sämtliche Kanäle zappte auf der Suche nach einem ordentlichen Western – schon allein der Pferde wegen.
"Nee, du! Nicht den ganzen Abend Knallerei", protestierte Charly. "Ich will was Schönes gucken."
"Einen Horrorfilm vielleicht? Das gibt wunderschöne Albträume."
"Blöde Kuh." Charly stand auf und humpelte in die Küche, um die Sahne zu schlagen. "Die Würstchen sind gleich gar", rief sie. "Wenn ich mit der Sahne fertig bin, können wir essen."
Als sie am Tisch saßen, sagte Cameron plötzlich: "Tell me, what did your mother say?"
"A lot", grinste Hanna.
"True, but she said something about Wednesday and I'm not sure I **understood** her. That she would hardly dare to **leave** the house ...?"
"Yes, that's right, you did understand."
"Ist ja auch klar, wenn's mittwochs laufend brennt", meinte Charlotte.
Hanna schaute sie verblüfft an. "Mensch, das stimmt! Der Scheunenbrand war am Mittwoch, bei Kestings ... ja, auch mittwochs, und unser Bootshaus ... Dafür muss es einen Grund geben!"

---

**understood** habe verstanden
**leave** (ver)lassen

"Does anything special happen on Wednesdays?", fragte Cameron.
"No, nothing really special", erwiderte Hanna. "Only the **weekly rehearsal** of the church **choir**."
Charly grinste. "Hier bei uns ist das schon was Besonderes. Mama geht eisern jeden Mittwoch hin – und alle anderen Frauen genauso."
Hanna nickte. "And Dad always meets his friends in the village **pub**. Mama **joins him** later and then they come home together."
"And today … is everyone at this Sommerfest?"
"Sure", nickte Hanna. "Why do you ask?"
"Well … an evening like that would be the ideal **opportunity** for this nut to start another fire."
"Oh no", flüsterte Charly. "You're giving me **goosebumps**."
"If it is Luise, nothing will happen tonight", erklärte Hanna. "She's away."
"Luise hat damit nichts zu tun", protestierte Charlotte. "Hört endlich mit den blöden Verdächtigungen auf!"



---

**weekly** wöchentliche
**rehearsal** Probe
**choir** Chor
**pub** Kneipe
**joins him** trifft ihn
**opportunity** Gelegenheit
**goosebumps** Gänsehaut

"Ich glaube ja auch nicht, dass sie der Feuerteufel ist", sagte Hanna. "Aber … ihr Haus ist ganz abgelegen. Das weiß hier jeder. Und bestimmt weiß auch jeder, dass sie weggefahren ist."
Charly schaute sie entsetzt an. "Sollen … sollen wir mal hin und nachsehen? Oder wenigstens die Katzen herholen?"
"If Kai and the other boys are **responsible** for the fires", sagte Cameron, "then we don't have to worry. Tom told me they're at a disco in the city and they never usually come home before midnight."
"**By the way**, that's something else that's strange", meinte Hanna. "The fires always started quite early, never in the middle of the night."
"Nachts schlafen die Leute ja auch", entgegnete Charly. "Da spaziert keiner mehr durch die Gegend, selbst Kai und seine Jungs nicht, sonst kriegten sie spätestens am nächsten Morgen Ärger."
Cameron horchte auf. "What did you say?"
Charly wiederholte es seufzend auf Englisch, und er nickte nachdenklich.
Hanna schaltete den Fernseher aus. "Heute kommt aber wirklich nur Schrott in der Kiste. Wir hätten besser draußen den Grill angezündet, um die Würstchen zu brutzeln, das wäre viel schöner gewesen."

---

**responsible** verantwortlich
**by the way** übrigens

"Nee!" Charlotte schüttelte den Kopf. "Von Feuer hab ich erst mal genug. Obwohl es ja immer gemütlich ist und so schön romantisch, wenn man davor sitzt und in die Flammen guckt, wie sie tanzen und flackern …"

"Just a minute!", rief Cameron. "Could you repeat that in English?"

"What is it?"

"Just let me think for a moment … Oh my God, that's it!" Er sprang auf und zerrte Hanna mit sich aus dem Zimmer. Charly und Kylie schauten einander verblüfft an. Gleich drauf hörten sie Hanna im Flur am Telefon reden.



"Los, kommt!", rief Hanna.

"Wohin denn? Mit wem hast du telefoniert?", fragte Charlotte.

"Mit der Feuerwehr!"

"Spinnst du? Es brennt doch nirgends."

"Wetten, dass der Feuerteufel heute wieder zündelt? Beeilt euch!"

"Aber ich kann doch nicht richtig laufen."

"Wir fahren mit dem Rad. Ich nehm dich auf den Gepäckträger!"

"Don't be **silly**, I'm much **stronger** than you", wandte Cameron ein. "She can go with me."

---

**silly** doof
**stronger** stärker

# In der Falle

Es begann bereits zu dämmern, als sie die Zufahrtsstraße zum Hof hinunterfuhren.
“Where are we going?”, rief Kylie, aber Hanna trat mit aller Kraft in die Pedale und hatte keine Luft, um zu antworten.
Mit einer scharfen Rechtskurve, bei der sie fast ins Schleudern gekommen wäre, bog sie auf einen Schotterweg ein und sah schließlich ein kleines Bauernhaus.
“I hope we’re in time to stop her ...”
“Smell that?”, unterbrach Cameron sie. “Come on, quick!”
Auch die anderen rochen jetzt den Benzingeruch, der in der Luft hing, obwohl sie durch die Hecken, die rings um das Haus wuchsen, nur das Dach und das Obergeschoss sehen konnten.
Sie sausten in den Hof und bremsten abrupt.
Aus dem Scheunentor zuckten Flammen, man hörte Knacken und Prasseln aus dem Inneren des Gebäudes, wo es bereits gewaltig brennen musste, und vor dem Haus hockte eine Gestalt, die wie gebannt die Flammen beobachtete.
“Mareike! Was hast du getan!”, schrie Hanna. “Bist du total übergeschnappt?”
Mareike wandte sich um und lächelte versonnen.
Alle waren für einen Moment sprachlos. “She really

is nuts", flüsterte Kylie. "What on earth shall we do?"

Hanna zuckte die Schultern. "Nothing – just wait for the fire brigade. They should come **any moment** … if they believed me."

"I guess **there's no point in** us trying to put out the fire?"

Die Flammen loderten immer höher an der Scheune empor. Selbst das Dach begann bereits zu schwelen, und dicke graue Rauchwolken stiegen in den Abendhimmel.

Hanna schüttelte den Kopf. "It smells as if she **soaked** everything in petrol. I only hope there aren't any full **cans** lying around because that could … Mareike, bleib hier!"

Mareike war aufgesprungen und lief näher zur Scheune, nein, sie tanzte beinah und wedelte mit den Armen, als wolle sie die Flammen noch weiter anfachen.

"She's crazy enough to jump **right** into the flames", sagte Cameron.

Hanna rannte auf das Mädchen zu, das wie hypnotisiert zu sein schien und laut auflachte, als ein Funkenregen auf sie niederrieselte.



---

**any moment** jeden Moment
**there's no point in …** es hat keinen Sinn, zu …
**soaked** hat getränkt
**cans** Kanister
**right** direkt

Heftig riss Hanna sie an der Schulter herum. "Mensch, bist du irre oder was?"
Mareikes Lächeln verschwand. Sie starrte auf die brennende Scheune, aus deren Dach nun schon die Flammen loderten, und schien plötzlich zur Besinnung zu kommen. Beinah gehetzt schaute sie Hanna und die anderen an. Ehe jemand reagieren konnte, hatte sie sich losgerissen und rannte ins Haus.
"Mareike, bleib stehen!", schrie Charlotte.
"We … we have to get her out", stammelte Kylie.
"No, it's much too dangerous!", entschied Hanna.
"But if the fire brigade doesn't come very soon, the house will start to burn, too!"
Hanna nickte. "You're right. Charly, du und Kylie, ihr beide wartet hier und sagt den Feuerwehrleuten, dass wir da drin sind. Come on, Cam!"
"Nein, ihr könnt doch nicht …"
Aber Hanna und Cameron liefen bereits zur Haustür.
"God, it **stinks** of petrol in here too." Hanna schaute sich um. "We'd better hurry up."
Gleich neben der Tür führte links eine schmale Holztreppe hinauf in den ersten Stock.
"Where shall we look for her? Upstairs?", fragte Cameron.
"Let's check the rooms down here first." Hanna lief den Flur entlang und riss sämtliche Türen auf – Kü-



---

**stinks** stinkt

che, Bad, Wohnzimmer … nirgends eine Spur von Mareike.
"Come back – she must be upstairs", rief Cameron. Er drehte sich um und sah zu seinem Entsetzen Charlotte und Kylie, die ihm im Flur entgegenkamen. "What the hell are you doing here?"
"I … I thought I'd better call the fire brigade again and tell them that there really is a fire, and where it is." Charly begann zu husten, da inzwischen dicke Rauchschwaden durch das Haus zogen.
"Gut, aber dann verschwindet schleunigst wieder in den Hof, hörst du?", befahl Hanna. "Das Telefon steht da drüben."

Charly humpelte zu dem Telefontisch im Flur, während die beiden anderen etwas unsicher an der Treppe standen. "It's so hot! And so loud. I had no idea that fire could make such a **noise** … Mareike! Bist du da oben?", schrie Hanna aus Leibeskräften.
"That's useless. Even if she can hear you she won't answer."
"Okay – upstairs, then!"
Cameron hielt sie zurück und deutete auf die Wand neben der Treppe. "The barn is right behind that wall. Sooner or later this **staircase** will start to burn."

---

**noise** Lärm
**staircase** Treppenhaus

Hanna zögerte einen Moment. "But … we can't leave her in the house."
Entschlossen rannte sie die Treppe hinauf, und Cameron folgte ihr.
Ein gewaltiges Krachen ließ sie erschrocken zusammenfahren. "The roof of the barn has **collapsed**", rief Hanna. "Come on, we have to hurry!"
Beide mussten husten, während sie die Türen im oberen Stockwerk aufrissen, da der Rauch inzwischen das ganze Haus einzuhüllen schien. Endlich fanden sie Mareikes Zimmer.
Sie lag zusammengerollt auf ihrem Bett und rührte sich nicht. "Mareike!", schrie Hanna. "Komm mit, los!"
Einen Moment lang glaubte sie schon, Mareike sei erstickt, da sie gar nicht reagierte, doch Cameron lief entschlossen zum Bett und riss sie hoch.
Hanna half ihm, sie aus dem Zimmer zu zerren. Mareike ließ alles mit sich geschehen wie eine leblose Puppe.
Rasch hasteten sie durch den Flur zurück zur Treppe.
"O nein!", stöhnte Hanna verzweifelt.
Knisternd und knackend fraßen sich Flammen durch die hölzernen Stufen, und der Qualm wurde immer dichter, dass sie kaum noch atmen konnten.

---

**(has) collapsed** (ist) eingestürzt

"We can't **risk** using these stairs", keuchte Hanna. "Is there a bathroom up here? Mareike! Gibt's hier oben irgendwo Wasser?"
Mareike schluchzte nur hemmungslos.
"We couldn't put out the fire anyway!", schrie Cameron.
"No, but with wet clothes ... Oh, forget it! Go to the next window!"
Sie öffnete eine Tür, rannte durch den Raum und stieß das Fenster auf. Erleichtert atmete sie die frische Luft ein.
"You don't really intend to jump down, do you?", fragte Cameron. "It's much too high!"
"Hanna!", schrie Charlotte im Hof, die ängstlich zu ihnen hinaufschaute. "Cameron, kommt runter!"
"Siehst du irgendwo eine Leiter, Charly?"
"Wir suchen eine!" Charlotte und Kylie rannten davon.
"My God, Cam, what shall we do?", flüsterte Hanna, und zum ersten Mal spürte sie nackte Angst. Bisher war alles so schnell gegangen, dass sie gar keine Zeit gehabt hatte zu merken, in welcher Gefahr sie sich befanden.
Im Treppenhaus fauchte das Feuer, das durch den Luftzug noch stärker angefacht worden war, und die Hitze wurde immer größer. Dicker dunkler Rauch



---

**risk** riskieren

trieb durch jede Ritze. "We're **trapped**! And if the roof collapses or the floor **falls in** ..."

Cameron schaute sie nur ratlos an. "I have no idea what to do." Er lehnte sich aus dem Fenster. "There's a **drainpipe**. Perhaps we could climb down it?"

"And Mareike?" Hanna schüttelte das weinende Mädchen. "Mareike, hör mit dem Geplärre auf! Wir müssen hier raus, sonst verbrennen wir, kapierst du! Jetzt reiß dich mal zusammen und ..."

"Hanna, listen! The fire brigade is coming!", rief Cameron.

Hanna hustete so stark, dass sie nur nicken konnte. Aber er sah, dass sie genauso erleichtert war wie er.



---

**trapped** in der Falle
**falls in** einstürzt
**drainpipe** Regenrinne

# Mitternachtsimbiss

"Nein, wer hätte so was gedacht", seufzte Frau Hansen, als alle gegen Mitternacht daheim am Küchentisch saßen. "Trinkt noch einen Tee, damit ihr besser schlafen könnt."

"Als ob wir das jetzt könnten", meinte Hanna.

Charly nickte nur zustimmend, da sie gerade eine Portion Kartoffelsalat verspeiste. Nach der ganzen Aufregung hatte sie riesigen Hunger. Und so ein Mitternachtsimbiss war einfach herrlich – besonders nach einem solchen Abenteuer.

"Ein Glück, dass ihr so viel Verstand hattet, die Feuerwehr zu alarmieren", sagte Herr Hansen. "Spätestens nach Charlys Anruf war klar, wie ernst die Sache war. How did you find out that it was Mareike, Cameron?"

"Erst hatten wir alle möglichen Leute in Verdacht", erklärte Hanna, und sie erzählten abwechselnd in einem Gemisch aus Deutsch und Englisch, wie sie versucht hatten, dem Brandstifter auf die Schliche zu kommen. "But then **we realized** that there was no motive for the fires – so it must have been someone who did it just for fun."

"Aber auch da haben wir noch nicht an Mareike gedacht", fuhr Hanna fort.

---

**we realized** es ist uns klar geworden

"Nee, die Dummköpfe haben dauernd Luise verdächtigt", nuschelte Charly mit vollen Backen.
"Kau erst mal fertig, ehe du quasselst", sagte Hanna. "Luise hat ja auch ziemlich seltsam dahergeredet über Naturgewalten, die zerstörerische Kraft der Elemente und solchen Kram."
"Also, wie konntet ihr nur!" Frau Hansen war entgeistert. "Die gute Luise redet doch immer so, ihr kennt sie doch."
"Und sie glaubt ihren ganzen Humbug auch noch", ergänzte ihr Mann.
"Wenn schon, sie hat eben ihre eigene Lebensphilosophie und ist glücklich damit."



"Meinetwegen, nur muss sie sich dann nicht wundern, wenn manche Leute sie für durchgeknallt halten."
"Anyway", fuhr Cameron fort. "She seemed harmless and really nice, but you can never tell what people are really like inside. And when she talked about a confused soul I suddenly thought about **pyromania**, and I looked on the internet for more information."
"Pyro… was ist das denn?", fragte Charlotte.
"Eine Krankheit", erklärte ihr Vater. "So heißt das, wenn jemand zwanghaft Feuer legen muss."

---

**pyromania** Pyromanie *(Das ist der zwanghafte Wunsch, Brände zu legen.)*

"Das gibt es, ehrlich wahr? And what gave you the idea that it was Mareike?", fragte sie Cameron.
"Actually, you did."
"Ich?"
"Well, you said people couldn't just **wander around** in the middle of the night and that was why all the fires had started rather early. The thing is – someone like Luise could have done it easily ... but not a child."
"Well, that's not quite true", meinte Hanna. "If I'd climbed out of my window at night and ..."
"Dann könntest du was erleben", brummte ihr Vater.
"Ich meine ja nur ..."
"You're right", nickte Cameron. "That's why I wasn't sure, but it suddenly became clear to me after I **found** the answer to the question: why always on Wednesdays?"
"Ja, Mareikes Mutter ist jeden Mittwoch bei der Chorprobe gewesen", sagte Frau Hansen, "wie fast alle Frauen, und ihr Vater beim Stammtisch."
"Wie alle Männer." Herr Hansen grinste.
"Eben, und nachher treffen wir uns immer noch auf einen Schlummertrunk im Gasthof."
Cameron nickte. "And Mareike used the opportu-



---

**wander around** herumwandern
**found** habe gefunden

nity to start the fires. **The penny finally dropped** tonight when Charly said that a fire could be beautiful with its **flickering**, dancing flames. That was when I **remembered** that it wasn't only Luise who had talked like that – it was Mareike as well."

"Stimmt, das ist wahr!", rief Charlotte.

"I suddenly had the **impression** that she hadn't been talking about fire **in general**, but about a very **particular** one she'd watched. And when we first **met** her at your lake she said fire was wonderful – not because she didn't know a better English word! That's really what she **felt**. On the internet I found **several** articles about kids and teenagers who **suffered from** pyromania. And that was why I thought **it was better to be safe than sorry** – Mareike was alone again tonight, and it was possible she might do it again."



---

**the penny finally dropped** der Groschen ist endlich gefallen
**flickering** flackernd
**remembered** habe mich erinnert
**impression** Eindruck
**in general** generell
**particular** bestimmt
**met** haben getroffen
**felt** fühlte
**several** mehrere
**suffered from …** haben unter … gelitten
**it was better to be safe than sorry** wir sollten besser auf Nummer sicher gehen

“Ja, und da haben wir halt die Feuerwehr alarmiert”, fuhr Hanna fort, “obwohl wir nicht wussten, wo es brennen würde. Ich hab bloß gesagt, sie sollten zu Mareikes Hof kommen, und wir sind schleunigst hin, um sie vielleicht noch zu erwischen, ehe sie loszieht, um irgendwo zu zündeln. Dass sie den eigenen Hof in Brand setzen würde, hätten wir allerdings nicht gedacht.”

“Furchtbar”, seufzte Frau Hansen. “Ein Glück, dass die Männer noch rechtzeitig zur Stelle waren und euch retten konnten. Meine Güte, ich bin direkt froh, dass ich nicht dabei gewesen bin. Ich wäre bestimmt übergeschnappt.”

“Na, komm, dich wirft doch nichts so leicht um”, schmunzelte ihr Mann.



“Außerdem sind wir ja ganz gemütlich die Leiter runtergeklettert”, meinte Hanna. “Dabei hatte ich gehofft, die spannen ein Sprungtuch auf und wir müssten uns aus dem Fenster stürzen. Das hätte ich gern mal gemacht.”

“Sei bloß still”, stöhnte ihre Mutter. “Ihr habt doch wahrhaftig Aufregung genug gehabt. Und wir auch. Aber ich darf gar nicht an Mareikes Eltern denken. Wer weiß, wie es mit dem Haus aussieht … am Ende ist es so stark beschädigt, dass es abgerissen werden muss. Und was danach alles auf sie zukommt …”

“Und was wird mit Mareike?”, fragte Hanna.

"Die braucht entsprechende ärztliche Behandlung", erklärte ihr Vater.

"Das arme Kind", meinte Frau Hansen.

"Das arme Kind kann froh sein, dass kein Mensch zu Schaden gekommen ist, abgesehen von unserer Charly. Aber du bist ja schon wieder ganz gut zu Fuß, oder?"

Charlotte nickte. "Mausi auch. Wir brauchen bloß noch ein paar Tage Erholung."

"Das könnte dir so passen", schnaubte Hanna. "Weiter im Garten rumliegen und dich bedienen lassen!"

"Ich finde, ihr solltet euch in den nächsten Tagen alle erholen", sagte Frau Hansen. "Wirklich – Cameron und Kylie sind nach Deutschland gekommen, um ruhige Ferien zu erleben, und hatten nichts als Aufregungen! Now you have to relax for the rest of your stay – otherwise your friends in Australia will think you had a horrible time in Germany."

"**On the contrary**, they'll be **jealous** as hell", entgegnete Cameron. "I bet no one's had an adventure like this."

"Adventure, adventure!", schimpfte Frau Hansen. "All I hear is adventure! Relax and enjoy yourselves – that's what holidays are for. You really haven't had a chance to see how beautiful it is here."

---

**on the contrary** im Gegenteil
**jealous** eifersüchtig

"And how **peaceful**," grinste Hanna. "**Besides**, you haven't tried horse-riding yet." 

"Well, I'm not so sure I want to keep falling off a horse – that's **pretty** high", erwiderte Cameron. "But we're already **looking forward to** the Australian summer and our next holidays in Germany."

"Yes – it's just as wonderful here in winter as in summer", versicherte Herr Hansen. "And the only excitement then is Christmas."

Hanna grinste. "Na, das wollen wir doch erst mal abwarten."

---

**peaceful** friedlich
**besides** außerdem
**pretty** *hier:* ziemlich
**looking forward to** freuen uns auf